세상을 바꾸는

대한민국 교육 이야기

세상을 바꾸는
대한민국 교육 이야기

김재훈 교육 에세이

제1탄 『대한민국 교사로 산다는 것』에 이은
김재훈 저자의 교육 에세이

지난 20세기가 성장의 시대였다면
21세기는 의미의 시대가 될 것입니다.
그렇다면 우리는 어떤 교육을 해야 할까요?

도서출판 형설의 공

들어가는 말

교육에서 가장 중요한 게 무엇이라고 생각하시나요?

자아실현, 꿈 찾기, 대학입시, 세상에 대한 안목 갖기 등등 모두 중요합니다만 답은 아닙니다. 교육에서 가장 중요한 걸 생각할 때 매슬로우의 욕구 피라미드를 생각하면 답이 나옵니다. 피라미드의 맨 꼭대기에는 자아실현이 있지만 이 자아실현을 위해 반드시 채워져야 하는 아래 욕구들이 있습니다. 맨 아래에 신체적 욕구가 있고 그 위에 안전의 욕구 그 위가 사랑의 욕구, 존경의 욕구 순입니다.

학교 교육에서 제일 중요한 것의 순서가 매슬로우의 욕구 피라미드 순서와 같습니다. 배고픈 아이가 공부가 될 리 없고, 학교 폭력에 시달리는 아이에게 꿈이니 진로니 하는 것은 사치에 불과합니다. 이것은 바로 생명을 구하는 일입니다. 기본이 바로 서는 교육, 기본부터 채워지는 교육이 필요한 이유입니다. 담임 선생님의 따뜻한 손길 하나가 아이를 구합니다. 교육의 최전선인 교사와 학생의 만남 속에 모든 교육적 진실이 담겨 있습니다. 우리가 고민하고 설계하는 모든 교육적 정책과 제도의 초점을 항상 교사와 학생의 만남에 두어야 하는 이유입니다.

교육에는 망원경을 가지고 해야 하는 거대한 계획도 중요하지만, 교실에서 이루어지는 교사와 학생의 만남을 들여다보는 현미경적인 관찰이 더 중요합니다. 이 책을 준비하면서 교사들 모임에서 책 출판 이야기를 나누게 되었는데 아는 후배 교사가 저에게 "선생님! 세상을 바꾸는 대한민국 교육 이야기라고 하셨는데 어떻게 세상을 바꾸자는 거죠?"라고 질문을 했습니다. 저는 순간 당황했습니다. 뭐라고 답을 하지? 그리고는 곧바로 이 망원경과 현미경을 생각해 냈습니다. 네 맞습니다. 이 책이 주는 메시지는 두 가지입니다. 하나는 학교 현장에서 아이들을 직접 만나는 우리 선생님들에게 의미 있는 메시지를 주기 위함이고요, 다른 하나는 교육정책을 입안하는 당국이 편협한 시각으로 정책을 만들지 말라는 메시지를 주기 위함입니다. 교육에 있어 가장 중요한 교사와 학생의 만남에 방해가 되는 교육정책이 나와서는 안 되겠습니다.

2022. 7. 7

견우와 직녀 같은

교사와 학생의 만남을 상상하며

목차

제1장

아이들은 지나간다

아이들은 지나간다

슬픈 현실이지만

선생님이 멈칫멈칫하는 사이에도

아이들은 지나갑니다

그래서

좋은 아이디어가 있다면 바로바로 시행해야 합니다

내년에는 잘해 봐야지

라는

말 속에

올해의 아이들은 없는 것이죠

교육정책도 마찬가지입니다

제도가 어떻게 바뀌든 간에 아이들은 지나갑니다

그래서

교육개혁은

달리는 고속버스 안에서 하는 것입니다

담임 역할은 해바라기 넘기

해바라기를 심어 놓고 매일매일 넘는다고 생각해 보세요

새싹일 때는

해바라기 넘는 일이 너무 시답잖고 쉬워서

며칠 동안 넘지 않고 딴짓을 합니다

그러다가

다시 해바라기를 돌아보면

그땐

해바라기가 이미 넘을 수 없을 만큼 커져 있어요

3월에 담임을 맡고 우리 반 아이들이 문제도 안 일으키고

착한 줄 알고 자칫 관심을 소홀히 하면

어느 순간 아이들은 담임이 넘을 수 없을 만큼

훌쩍 커 있어요

그만큼 아이들을 항상 곁에 두고 지도를 해야 하는 것이죠

교육은 관계 맺기로 시작합니다

선생님과 학생 간에 벌어지는 실랑이는
대부분
서로 간에 관계 형성이 안 된 상태에서
지도를 하기 때문에 일어납니다
교육의 출발은 관계를 어떻게 맺느냐가
핵심 중의 핵심이지요
우리는 항상
학생을 어떻게 내 편으로 만들 것인가를
고민해야 합니다
이렇게
교사와 학생 간의 관계도 중요하고요
학생과 학생 간의 관계 맺기도 중요합니다
모둠이라는 울타리를 만들어 그 안에서 함께하도록
하는 활동 등등
학기 초
이러한 관계를 어떻게 형성해 나갈까
선생님에게 주어진 핵심 과제입니다

좋은 교사 나쁜 교사

어떤 교사가 좋은 교사이고

어떤 교사가 나쁜 교사일까요?

저는 이것을 행복한 인생을 사는 사람들에게서

힌트를 얻었어요

행복한 인생을 사는 사람들은 공통점이 많아요

건강하고 가족이 화목하고

어느 정도 경제적 여유도 있고

친구도 많고

그러나 불행한 사람들은 사연이 가지각색이에요

아프다거나 가난하다거나 외롭다거나 등등

그런데

좋은 교사와 나쁜 교사는 반대로 나타나요

좋은 교사는 사연이 가지각색이에요

잘 가르친다거나, 생활 지도를 잘 한다거나

진학지도 전문가라거나 등등

그러나

나쁜 교사는 공통점이 있어요

일단

화를 잘 내요

조그만 일에도 아이들에게 화를 내거나

짜증을 내지요

또한 나쁜 교사는 아이들을 무시하고

아이들을 차별합니다

나쁜 교사의 공통점 세 가지예요

교사가 되거든 오지로 가라

오천석 선생님의 말씀입니다
교사가 되거든 배움에 가장 굶주려 있는
오지의 아이들에게
가르침을 주라는 말씀입니다
저는 어느 날
교육에 관한 것들을 A4 용지에 모조리 적어 놓고
이것은 없어도 교육은 되겠다 싶은 것들을
하나씩 지워 나갔어요
그렇게 한참을 지워 나가니
마지막에 남는 것이 딱 두 개였어요
바로
교사와 학생이었습니다
교육은 가장 척박한 환경에서 가장 빛난다고 했습니다
요즘은
오지가 따로 없습니다
모든 학교 모든 교실이 오지라고 할 수 있습니다
그만큼 선생님들의 교육자적 소명과
굳건한 다짐이 필요한 시기입니다.
선생님 힘내세요

5분 먼저 생각하기

아이들보다
5분만 먼저 생각해 보세요
그러면 아이들을 위한 좋은 아이디어들이 막 솟아납니다
교실에 들어가기 5분 전
책꽂이에 있는 아무 책이나 펼치면서
오늘은 아이들에게 무슨 이야기를 들려줄까를
생각해 보세요
이상하리만치 좋은 생각들이 떠오르고
그 생각을 가지고 아이들에게 달려가
큰 소리로 가르침을 전달하세요
"우리는 출발했다. 출발하는 순간 멈춤은 없다."
"수능은 올림픽이 아니다." "우리는 어디에서 공부하고 있나?
아스팔트인가 비포장도로인가 자갈밭인가?"
"네 인생에 CEO처럼 살아라 직원처럼 살지말고!"
"자신감이 10%를 향상시킨다." "즐기면서 공부하는 자를 이길 수 없다."
"고목나무에서 떨어지지 마라." "하루하루 지날수록
시간이 더 빨리 간다." "매일 매일 너의 해바라기를 넘어라."
"공부할 때 너의 의식을 반경 50cm 이내에 두어라."
"수업 시간은 밥이고 자율 학습은 보약이다."

"중간에 행복을 느낄 순 없다." "신은 오늘도 나에게 우주를
경험하도록 허락하셨다." "매일매일 나를 세 번 이상 칭찬해라."
"박주가리 씨앗에는 왜 솜털이 붙어 있을까?"
아이들은 갓 구운 빵을 먹는 느낌으로
빨려 들어올 것입니다

우리 반 일기

○○고에 근무할 때예요
저한테 신규 교사 연수를 받은 선생님하고 같이
근무하게 되었는데요
그 선생님이 그 해 여름방학 때
1정 연수를 들어가게 되었어요
선생님은 연수를 들어가면서
반에다 노트 한 권을 놓아 두고 가셨다고 해요
돌아가면서 우리 반에서 있는 일들을 일기로 쓰라고요
한 달 간 연수를 마치고 돌아와 아이들이 써 놓은
일기를 보니
정말
지난 한 달 간 우리 반의 모습이
생생하게 적혀 있더라는 거예요
저는 다음 해 새로운 학교로 와서 담임을 맡자마자
곧바로 우리 반 일기를 시행했어요
정말로 우리 반의 생생한 모습이 일기에 담기더군요
아이들 파악도 더 많이 할 수 있었어요
한번은
심리학과를 가려는 녀석이 아예 우리 반 일기장에

오늘은 내가 심리학 강의를 해 줄게라고 하면서

일장 연설을 써 놓은 것 아니겠어요?

저는 내용이 너무 좋아 학생부에도 적어 주었지요

요즘에는 SNS를 활용하면 더 좋습니다

아이가 사는 대문만 보아도

우리 반에 주희라는 아이가 있었어요

소녀 가장이었죠

어느 날 저는 실장을 앞세우고 주희 자취방엘 가 보았어요

자취방에서 나누는 대화는 학교와는 사뭇 다른 느낌이었죠

맞습니다

아이가 사는 대문만 보아도 아이를 파악할 수 있습니다

우리는 얼마나 아이들을 파악하고 있을까요?

우리는 얼마만큼 노력해야 아이들의 아픈 마음까지

파악할 수 있을까요?

아이의 대문은 눈빛입니다

아이의 눈빛을 읽는 선생님이 되어야 할 거예요

선생님이 주도하면 행사가 되고
아이들이 주도하면 축제가 됩니다

ASK THEM

그들에게 물어라!

교육 현장에서 꼭 지켜야 할 황금률입니다

아이들에게 맡기면 그들의 눈빛이 반짝반짝 빛나요

제가 담임할 때

매 월 말에 하는 우리 반 생일잔치에서 있었던 일인데요

모둠별로 도시락을 각자 싸 와 점심시간에 나누어 먹는

'추억의 도시락 시간'

어느 모둠에서는 마니또를 뽑아서 친구 도시락을 싸 와서

같이 나누어 먹는 감동적인 장면을 보았어요

그렇습니다

교사는 판만 벌여 주면 돼요

그러면

그 판 위에서 아이들은 행사를 축제로 승화시킵니다

학교의 모든 행사는 한 번뿐

아이들에게 학교의 모든 행사는 단 한 번뿐입니다

잘하면서 지나가도 한 번

대충 때우기식으로 지나가도

오직 한 번뿐입니다

선생님들이 자칫 실수하기 쉬운 부분이에요

선생님은 매년 하니까

선생님은 다 아는 거니까

하고

그냥 대충 때우기식으로 할지라도

아이들에게는 인생에 있어

소중한

추억의 한 페이지이거든요

귀 쫑긋! 행복한 선생님

선생님들은

대부분 자신이 맛있게 준비한 강의를

아이들이 귀를 쫑긋하고 들어주면 행복해 합니다

그러나

이것은 가르치는 것에 대한

잘못된 통념일 수도 있어요

우리가 어려서부터 그렇게 공부해 왔기 때문이기도 해요

선생님의 포장된 지식만을 먹는 아이는

자칫 자기주도성을 잃어버릴 수도 있거든요

그래서

"만약 오늘의 학생을 어제 배웠던 대로 가르친다면

우리는 그들의 내일을 훔치는 것이다."

라고

존 듀이가 말했습니다

담임의 1년은 상담의 1년

상담!

정말 힘든 일이죠

우리 반이 30명이라면

하루에 한 명씩 상담해도 한 달 이상 걸립니다

그러나

생각을 바꾸어 아이들에게 힘을 준다고 생각하면

힘들어도 보람은 있겠죠?

저는 초보 교사 시절엔 상담을 제대로 안했습니다

노는 데 정신이 팔려 있던 나쁜 교사였거든요

이제는 그렇게 하지 않습니다

매일 한 명씩은 상담한다는 신념을 가지고

아이들을 대합니다

아이들의 아픈 마음을 들어주는 것이

바로

한 생명을 살리는 일이라는 생각으로

아이를 대합니다

며칠 전에는 자살을 생각하는 한 아이와 상담을 했습니다.

저는 두 시간 동안 계속 들어주기만 했습니다

오늘 아침에

"좀 나아졌니?"라고 카톡을 해보니

선생님에게 털어놓고 나니까

한결 좋아졌다고 하네요

그냥 들어주고 공감해 주는 것

생명을 살립니다

우문현답
(우리의 문제는 현장에 답이 있다)

고3 담임을

한 해만 안 해도 감이 떨어집니다

그만큼 대한민국 대학입시는 수시로 변하기 때문에

현장에서 직접 지도를 하지 않으면 금방 멀어집니다

모 엔터테인먼트 대표가 아직도 DJ를 하면서 판을 돌리는

까닭은 음악의 최신 흐름을 놓치지 않으려는 것이겠지요

마찬가지로

우리도 항상 입시 최전선에서 감을 유지해야 합니다

우리에게는

수험생을 바른 길로 인도할

역사적 책임이 있으니까요

왜냐하면

수험생은 항상 입시 초보니까요

공림사 가는 길

어느 봄날

3학년 담임 선생님들과 공림사엘 놀러 갔죠

우리는 공림사에 올라가면서 왁자지껄 재미있게

사진도 찍었어요

활짝 핀 예쁜 꽃 앞에서요

그런데 문득 발아래 자그마한 꽃을 발견했어요

쪼그리고 앉아 그 꽃을 바라보니 너무너무 예쁜 거예요

자기를 바라봐 달라고 조심스레 피어 있는 거예요

갑자기

우리 반 아이들이 떠올랐어요

우리 반 아이들 중 어느 녀석은 화려한 꽃처럼

공부도 잘하고

선생님의 칭찬도 받겠지만

우리 반 중 어떤 학생은 작은 꽃처럼 혼자 조심스레

피어 있는

아이도 있을 거라는 생각이 들었어요

작전에 실패한 지휘관은 용서할 수 있어도
경계에 실패한 지휘관은 용서할 수 없다

무슨 말일까요?

전쟁을 하다 보면 질 수도 있습니다

그것이 작전이지요

그러나 경계는 싸움이 일어나기 전에 미리 우리 지역을

보호하기 위해

보초를 서는 것이지요

따라서 얼마든지 사전에 계획을 세워서 할 수 있는

것이지요

저는 이것을 교사로서 교과 연구에 적용해 보았습니다

생활 지도 같은 문제는 마치 럭비공과 같아서

언제 어떤 문제가 터질지 모르죠

그러나

교과 연구는 다릅니다

자기가 사전에 얼마든지 계획적으로 할 수 있거든요

그래서

교과 연구만큼은 그 어느 누구에게도 지지 않는

선생님이 되어야 할 것입니다

이러면 어떨까요?

내 교과의 참고서를 펴내겠다는

각오로

교재 연구를 하는 거죠

인터넷 1타 강사를 능가하는

교재 연구

럭비공 잡기

이리 튀고 저리 튀는
럭비공을 어떻게 잡을 수 있을까요?
저는 한번
이런 생각을 해 봤어요
강당에
우리 학교 모든 선생님이 둥그렇게 원을 그리고
서는 거예요
그런 다음
가운데에다 럭비공을 던지면
그 럭비공이 어디로 튀든지 간에
누군가는 잡을 수 있잖아요?
네 맞습니다
생활 지도는 이렇게 모든 선생님이 함께 합심을 해야
이리 튀고 저리 튀는 럭비공과 같은 학생들을
바른 길로 인도할 수 있습니다.

2와 70 중 어느 수가 더 클까요?

개학 첫날 첫 시간 우리 반 아이들을 만나면

저는

칠판에 2와 70을 써 놓고 어떤 수가 더 크냐고 묻습니다

당연히 70이요! 를 외치는 녀석들

그러면 2와 70 앞에 20조를 각각 써넣고

다시 물어봅니다

어떤 수가 더 크냐고

그러면 아이들은 멈칫멈칫 대답을 못하죠

그러면 이때다 하고 훈화를 합니다

"2와 70의 차이는 우리가 가지고 있는 자그마한 차이이다

키가 크거나 작거나

공부를 잘하거나 못하거나

그러나

우리는 누구나 20조라는 위대한 생명값을 가지고 있다

우리에게 차별은 없다 누구나 평등하다

선생님도 차별을 안 할테니

너희들끼리도 서로서로 소중하게 대하거라."

학종 계수

이런 생각이 들었어요

'수능은 본능이고 학종은 이성이다'

점수로 한 줄로 쫙 세워서 뽑으면

간단하고 공정하다는 수능은 본능

어렵지만 이것저것 챙겨가면서 준비해야 하는

학종은 이성

학교 선생님 입장에서는 학종이 훨씬 더 어려울 거예요

선생님이 편하게 하려면 그냥 수능 핑계 대며

일방적 강의식 수업만 하면 되거든요

그래서

학종 계수라는 것을 생각해 봤어요

어느 학교에

1. 담임의 역할에 대해 고민하고

2. 수업을 바꾸기 위해 노력하며

3. 평가를 혁신하고

4. 기록을 꾸준히 하며

5. 상담에 헌신하는 교사의

비율을 따져 보는 거지요

교사는 개혁의 주체인가 대상인가?

교사들이 항상 불만을 가지는 것이 있죠

왜

우리를 항상 개혁의 대상으로 보는가

그러나

교사가

워라벨을 핑계로 자칫 아이들을 소홀히 대한다거나

선공후사의 정신보다는 나만의 일만 중요시한다거나

자존심을 세워야 할 수업을 때움 수업으로 연명한다거나

매사 관행에 머물러 있다면 어떤가요

개혁의 대상이 될 수밖에 없겠죠?

적어도 우리는

아이들을 위해 목숨을 바치고

학교 민주주의를 위해 노력하며

기존의 틀을 과감히 깨는 교사

수업연구회 등을 통한 지속적인 발전을 추구하는 교사

라면

당연히 개혁의 주체일 것입니다

동화 같은 학교 정글 같은 교실

"인생은 멀리서 보면 희극이고 가까이서 보면 비극이다."

찰리 채플린의 말인데요

마치 학교가 꼭 그런 것 같아요

2만 피트 상공에서 내려다본 학교는

동화 속 그림 같죠

그러나

교실은 어떤가요?

교실도 당연히 동화나라처럼 평온하고 아름다우면 좋겠죠?

하지만 교실이 항상 평온할 수만은 없어요

수많은 감수성들이 부딪히는 공간이 교실이에요

정글이라는 표현은 과할 수도 있지만

그만큼 세심한 관찰과 보살핌이 필요한 곳이

교실입니다

담임 선생님이

실내화가 닳도록 교실을 자주 가야 하는 이유입니다

벼가

농부의 여든여덟 번의 보살핌을 받고 자라듯

우리 아이들은

담임 선생님의 따뜻하고 친절한 보살핌 속에

올 한 해의 성장을 제대로 할 수 있겠지요

노동자형 교사와 농부형 교사

노동자와 농부 어느 쪽이 더 창조적인가요?

'teaching is art'

라고 하였습니다

아마도 농부 같은 교사가 더 필요하지 않을까요?

가르치는 기술이 필요한 것이 아니라

하나의 예술 작품을 만들어 가는 예술가와 같은 교사가

필요합니다

저는 어느 날

신자유주의 일꾼들에 대해서 적어 봤어요

빵집에 근무하는데 빵 만들 줄 모르는 노동자

음식점 주인인데 김치 담글 줄 모르는 사장

택시기사인데 운전을 가장 난폭하게 하는 기사

기자인데 취재할 줄 모르는 기자

정치가인데 국민을 가장 힘들게 하는 정치가

그렇다면

우리는

어떤 교사여야 할까요?

마지막 자율학습

고3 담임을 하면서
수능을 며칠 남기고 마지막 자율학습 날이었어요
저녁 시간에 저는 불현듯
아! 촛불을 켜놓고 자율학습을 하면 의미가 있겠다
라는 생각이 들어 곧바로 문방구로 달려가 초를 사 왔어요
자율학습 시작 종이 울리자 초를 들고 교실로 들어갔습니다
아이들은 초를 보자마자 울더군요
우리는 모두 하나씩 촛불을 켜 놓고 공부를 시작했습니다
그런데 여기저기서 훌쩍훌쩍하는 게 아니겠어요
그래서
저는 아예 한 명씩 돌아가면서
지난 1년간 고3 생활을 돌아보면서
느낀 점, 아쉬운 점을 말해 보라고 하였습니다
아이들은
정말로 의미 있는 말을 많이 하더군요
저도 엄청 감동받았습니다
그날 우리 모두는 새로운 경험을 했습니다
선생님의 조그만 관심이
우리 아이들에게는 커다란 선물이 됩니다

상제의 새빨간 거짓말

교육은 왜 하는 걸까요?

상급 학교 진학을 위해서(?)

좋은 직업을 얻기 위해서(?)

옛날

하늘나라에 상제가 있어 100명의 하제를 불러 놓고

인간 세상에 내려가

각자 맡은 일을 인간들에게 가르쳐 주라고 명하였습니다

모든 하제들이 성공을 했지만 교육을 맡은 하제만 실패하고

하늘나라로 올라와

상제 앞에 무릎을 꿇고 고했습니다

아무리 인간들에게 교육의 좋은 점을 설명해도

못 알아듣는다고.

여기서 상제의 새빨간 거짓말이 등장합니다

교육을 받으면

“개인은 사회적 지위를 얻을 것이요

집단은 물질적 번영을 얻을 것이다.”

오늘날

우리가 매달리고 있는 교육이

온통

상제의 새빨간 거짓말에

놀아나고 있는 것은 아닌지

반성해 보아야 합니다

수능 흑역사

1993년 8월 생겨난 수능은 찬사를 받았죠

탈교과적이다

탐구형 교육이 기대된다

등등

그러나 세월이 흐르고 흘러 수능이 생겨난 지

30년이 지난 지금

수능은 완전 대한민국 교육의 발목을 잡고 있는

형국이에요

우리 교육은 수능을 파괴하지 않고는 한 발자국도 나아갈 수 없습니다

전국의 고등학생을 모두 멍청하게 만드는 것이

수능 아닐까요?

외국 학생들이

철학책을 읽으며 역사와 삶을 이야기할 때

우리 학생들은

EBS 문제집을 풉니다

진정성과 타당성

우리는 빵집에 갈 때 무엇을 보고 가나요?

빵집 주인의 친절 때문에 가나요?

빵 맛 때문에 가나요?

빵집 주인의 친절은 진정성이고

빵 맛은 타당성입니다

수능과 학종, 진정성과 타당성은 어떻게 적용될까요?

학생부 종합 전형을 자꾸 강조하는 이유는 타당성 면에서

설득력이 있기 때문일 거예요

전공 적합성, 학업 역량, 발전 가능성, 인성

이 네 가지가

학종에서 강조하는 영역인데요

타당성에 맞는 학종 운영이 필요한 시점입니다

성장의 시대와 의미의 시대

지난 20세기가 성장의 시대였다면

21세기는 의미의 시대가 될 것입니다

그렇다면

우리는 어떤 교육을 해야 할까요?

단순히 아이들의 성적만을 향상시키는 교육

더 이상은 안 될 것입니다

먹고 사는 문제는 더 이상

우리 인간들에게 절실한 문제가 아닙니다

어떤 존재로 살아갈 것인가

이것이 우리에게 주어진 과제입니다

오늘도 이 땅의 학부모들은 자신의 아들딸들이 뭘 먹고 살지

걱정합니다

그러나

그런 걱정을 할 것이 아니라

그 아이들이 어떻게 의미 있는 삶을 살아가느냐를

걱정해야 할 것입니다

현미경과 망원경

모든 교육정책에는

먼 앞날을 내다보는 망원경 같은 시각도 필요하고

학교 현장을 세심하게 살피는 현미경 같은 시각도

필요합니다

지금까지 나타났다 사라져 간 수많은 교육정책들이

커다란 망원경처럼

거대한 포부를 가지고 시작했지만

현장에 적용되었을 때 쪼그랑 망태기가 된 이유는

학교 현실을

현미경처럼 들여다보는 것을

고려하지 않았기 때문입니다

교육을 바꾸고자 하는 정책 입안자들이

꼭

명심해야 할 부분입니다

동화와 조절

피아제의 인지 발달 이론에는 동화와 조절이 있습니다

즉

아동의 뇌 속에는 스키마라는 것이 있어요

이 스키마가 외부 환경을 자신에게 맞게 받아들이는 것은

동화

반대로

외부 환경에 맞게 자신의 스키마를 바꾸는 것이

조절입니다

동화와 조절을 학교에 적용하면 이래요

요즘의 학교는

동화는 없고 조절만 당하는 학교가 아닌가 우려됩니다

왜냐하면

학교 자체의 자기주도성을 잃어버린 채 외부에서 주어지는 정책이나

과제에 의해 이리 쏠리고 저리 쏠리는

경향이 너무 많습니다

그러다 보니

아이들을

계속 어떤 정책의 실험 대상으로 보는 것은

아닌지

우려됩니다

상대평가와 절대평가

지금 우리 교육은 상대평가에 찌들어 있습니다

1등급부터 9등급까지 나뉘는 촘촘한 등급 매기기에 학생들은

피가 마릅니다

수능도 내신도 모두 다 상대평가 체제입니다

그러나

이는 지난 시절 우리 교사들이 저지른 잘못에 대한

부메랑입니다

지난 2000년대 초 내신 평가 방식은 절대평가였습니다

그런데

문제는

이 학교 저 학교에서

너도나도

시험 문제를 쉽게 출제하여

성적 부풀리기가 횡행했다는 것입니다

그러니

2008 대입 제도 개편안에서 내신 상대평가가 전적으로

도입되었고

그렇게 15년이 흐른 지금 상대평가의 족쇄에

묶여 있는 꼴이 되고 말았습니다

대학입시에서 갈등하는 가치들

대학입시 만큼 첨예하게 가치들이 갈등하는 곳도 드뭅니다

어떤 가치들이 충돌을 일으킬까요

우선 공공성과 자율성의 충돌입니다

국가는 공공성을, 대학은 자율성을 주장합니다

다음은 신뢰도와 타당도의 충돌입니다

얼마나 공정하게 뽑느냐는 신뢰도이고

얼마나 정확하게 뽑느냐는 타당도입니다

두 가지 다 중요합니다

다음은 수월성과 형평성의 충돌입니다

인재를 키우는 것도 중요하고, 차별 없이 키우는 것도

중요한 가치입니다

다음은 수도권과 비수도권의 충돌입니다

대한민국은 수도권 공화국이라고 해도 과언이 아닙니다

수도권의 대학은 진학 인구가 많아서 행복하지만

지방 대학은 벚꽃 피는 순서대로 대학이 없어진다는 말이

피부에 와닿을 정도로 급속히 소멸 중입니다

마지막으로 정량평가와 정성평가의 충돌입니다

숫자로 뽑을 것인가, 아니면 의미로 뽑을 것인가의

논쟁인 것입니다

대학입시에서 갈등하는 다섯가지 가치들

참으로 복잡한

대학입시 구조입니다

대학 입학 전형 요소에 대한 단상

수능 내신 논술 면접 학생부

대학을 가는 방법 다섯가지입니다

대학 입학 전형 요소로 어느 것에 호감이 더 가는가요?

수능은 너무 정답 찾기 교육에 매달리게 하고

내신은 아이들을 편협한 공부에 함몰시키고

논술은 어려워서 사교육에 의존하는 경우가 많고

면접은 짧은 시간 안에 모든 걸 다 파악할 수 있을까

라는 문제점이 있고

학생부는 대학 입학 전형 요소로 써먹기엔 너무 복잡합니다

어느 것 하나

우리를 만족시키지 못하는 대학 입학 전형 요소들이네요

일찌감치

대학입시의 방법에 대한 변화를

모색했어야

옳았던 건 아닌지 생각해 봅니다

공부는 몰입

지금까지 살아오면서 몰입해 본 경험이 있으시죠?

어린 시절

레고나 장난감을 가지고 거기에 빠져서

시간 가는 줄도, 배고픈 줄도

모르고 조립했던 기억

그래요

몰입은 과제와 능력이 일치될 때 일어납니다

과제도 어렵고 거기에 능력도 요구될 때 몰입이 일어나지요

공부도 마찬가지입니다

자신이 정복할 수 있는 수준의 과제가 제시될 때

몰입이 일어날 수 있는 것이지요

이러한 몰입의 경험을 거치면서

자꾸자꾸

과제의 난이도가 높아지면 자연스럽게 몰입이 되고

그러면서

실력은 쑥쑥 오를 것입니다

얘들아 2002년에 태어나게 해서 미안해

2020년 고3이었던 2002년생들
변화무쌍한 교육 제도 탓에 마음 고생이 심했던 세대
초등학교에 입학할 당시 3월생부터 입학하던 것을
너희 때부터 1월생으로 바뀌었지
중학교에 입학하니 시험 없는 자유학기제 시행 첫 세대였지
고등학교에 들어오니 2015 개정 교육과정이
기다리고 있었어
고2 때는 고교학점제 도입을 저울질하다가 연기되었지
너희들 중3 때 수능 개편안이 1년 연기되는 바람에
고등학교 선택에 애를 먹었지?
그렇게 발표된
2022 대입개편안에서 논술과 특기자 전형을 없앤다고 하지?
수능 개편안을 보니 교육과정과 수능 과목이 다른
단군 이래 최초의 세대가 되었네
그렇게 흘러 흘러
2020년
고3이 되어 이제 맘 잡고 공부 좀 하려고 하니
코로나가 터지는 바람에 개학도 연기
아뿔사!
미안하다 얘들아

산토끼의 반대말

어느 날 교육에 관한 라디오 방송을 하게 되었어요

방송은 일단 재미잖아요?

그래서

무슨 내용으로 할까 고민하다가 산토끼의 반대말을 가지고

교육에 적용하면

어떨까 하면서 하나하나 생각해 보니

그럴듯한 연결이 되더라고요

우선

산토끼의 반대말로 집토끼가 있는데 집토끼는 길러 봐서

아시겠지만 되게 온순하잖아요

반대로 산토끼는 산에서 자라니까 아무래도 야생적이겠죠

그래서 이를 학생에게 적용하여

산토끼 같은 괴팍한 학생들을 어떻게 보듬을

것인가를 고민해야 한다고 하였죠

이런 식으로

산토끼와 바다토끼는 다름의 이해

산토끼와 죽은 토끼는 산 교육과 죽은 교육

산토끼와 끼토산은 꼴찌를 위한 교육

산토끼와 판토끼는 입학생과 졸업생

산토끼와 알칼리토끼는 창의성 교육
이렇게 적용하여 방송을 하니까
그럴듯한 교육 철학이 세워지더군요

혁신학교를 위한 제언

어떤 학교가 혁신학교일까요?

아이들이 행복한 학교?

잘 가르치는 학교?

인성 교육을 잘하는 학교?

여기에 더 추가해 보았어요

다음과 같은 학교가 혁신학교가 아닐까요?

선생님과 제자 간의 관계가 살아 있는 학교

모든 학생이 인사를 잘하는 학교

학생 개개인의 개성을 최대한 살려 나가는 학교

맨 끝에 있는 아이를 껴안는 학교

말과 인격으로 지도하는 학교

공부하려는 마음 자세가 달라진 학생이 있는 학교

배우는 것과 아이들의 삶이 괴리되지 않게 하는 학교

아이들 간의 협력이 살아 있는 학교

학교에 대한 학부모의 믿음이 든든한 학교

교사들 간의 연대감이 끈끈한 학교

우리 학교는 어떤가요?

너희를 수능 시험장에 보내며

지난 1년

우리는

치열한 삶을 살았다

3월의 첫 설레임 속에 서로를 알았고

4월의 따스한 봄볕 속에 고단함을 묻었다

5월의 중간고사와 체육대회는 한순간에 지나가고

6월의 모의 수능으로 나약해진 나의 존재

그래도 힘을 내자 힘을 내!

7월의 방학에 이제 마지막이라는 배수의 진을 쳤고

8월의 무더위 속에 결심도 의지도 흘러가는데

9월의 선선함에 언뜻 정신을 차려보니

두 자리 수로 내려온 수능 디데이!

또 한 번의 모의 수능에 힘을 내보지만

높아만 보이는 전국 백분위

그래도 끝까지

화이팅!

10월에 접어드니 만만한 과목 하나 없이

등 떠밀려 다가온 운명의 11월

그래 기다렸다

너! 수능!

자만심이 아닌 넘치는 자신감으로

젖 먹던 힘 다 쏟고 목 놓아 울리라!

오늘은 3월 2일

학교에서 1년을 살며

가장 문제되는 것이 뭐라고 생각하세요?

그것은 바로

다람쥐 쳇바퀴입니다.

아이들은 호기심 천국인데

학교는 그냥 매년 비슷하게 돌아갑니다.

매일매일 새로워야 하는 학교가

아이들의 창의성을 갉아먹는 것은 아닌지 반성해야 합니다.

이렇게 하면 어떨까요?

아!

오늘도 개학 날 3월 2일이구나

라고 항상 생각하며 하루를 시작하는 거죠

좌석표도 새로 붙이고, 교실도 한 번 더 둘러보고

아이들을 새로운 눈으로 다시 한번 보고

그러면

우리 반은

새롭게 피어날 것입니다.

새로운 학교를 꿈꾸며

요즈음 학교는 너무 아파요

그래서 새로운 학교를 꿈꿔 봅니다

우선

공간의 제약에서 벗어나고 싶어요

등하교 없는 학교 어떤가요?

인터넷에서 얼마든지 배울 수 있는 요즘 세상!

교실은 너무 좁아요

공간이 없어지면 각종 통제도 없어지겠죠?

뭘 배워야 하는지 어떻게 배워야 하는지

본인 스스로 결정하면 돼요

또래 간의 경쟁에서 벗어나고 싶어요

사람은 얼마든지 차이가 있기 마련인데

왜 경쟁해야 하나요?

그냥 자기 능력에 맞게 공부하고

능력에 맞게 천천히 가면 되지 않나요?

또한

항상

새로운 선생님을 만나고 싶어요

새로운 인터넷 공간에서 이걸 배우다 싫증이 나면

곧바로 다른 걸 선택하고 싶어요

새로운 학교에서는 얼마든지 가능하죠

제2장

대한민국 대학입시의 빛과 그림자

우리 교육에서 대학입시가 가지는 영향력은 얼마나 될까요? 아마도 블랙홀이라는 명칭을 붙여도 전혀 이상하지 않을 거예요. 그만큼 대학입시는 모든 교육적 논의를 빨아들이고 심지어 무력화시키는 파괴력을 가지고 있습니다. 자기 자식을 남과는 좀 다르게 키워 보고자 하는 부모라도, 또한 모든 사람들이 가는 그런 길보다는 본인 스스로의 길을 가도록 키우고 싶은 부모라도 대학입시 앞에만 서면 급해집니다. 왠지 미리미리 준비시키지 않으면 대학입시에서 남에게 뒤처질 것 같고 그 한 번의 실패가 인생의 실패로 이어질 것 같은 조바심을 대한민국 부모들은 다 가지고 있습니다. 어떤 진보 교육감도 왜 자녀를 특목고에 보냈냐는 일침에 머쓱해진 적이 있는데요. 그만큼 대학입시를 앞에 두고는 보수와 진보에 상관없이 일단은 명문대를 보내야 한다는 생각을 가지고 있습니다. 이렇게 대한민국의 모든 사람들이 대학입시라는 명패 앞에만 서면 모든 철학과 신념과 가치관에 일대 혼란을 가져옵니다.

우리의 대학입시가 가지는 빛과 그림자는 과연 무엇일까요? 지금까지의 대학입시 정책이 우리 교육에 일정 부분 기여해 온 점도 있겠지만, 아예 우리 교육 자체를 망가뜨린 부분도 있을 것입니다. 우리 대학입시의 특징으로는 무엇을 꼽을 수 있을까요? 대학입시의 변곡점은 어떻게 될까요? 대학입시가 가진 그늘은 또 무엇이 있을까요? 대학입시가 처한 환경 그리고 가야할 방향 등을 알아봅니다.

대학입시의 특징

대학입시가 초·중·고 12년간 교육받은 결과를 평가받는 것인지, 아니면 대학에서 우수한 인재를 뽑기 위한 선발 평가인지에 상관없이 대학입시는 우리의 학교 교육을 뒤흔들어 왔습니다. 고등학교 교육을 뒤흔드는 대학입시는 꼬리가 몸통을 흔드는 격이고, 또 아파트 층간 소음처럼 위층에 사는 대학이 아래층 고등학교에 부리는 행패 같기도 합니다. 대학교와 고등학교 간에 형성된 갑을 문화가 아닌지 심히 우려됩니다. 이렇게 말도 많고 탈도 많은 우리의 대학입시는 몇 가지 특징을 가지고 있습니다.

첫 번째 특징은 엄청 자주 바뀌어져 왔다는 것입니다. 통계에 의하면 평균 3년에 한 번 꼴로 우리의 대학입시 제도는 변해 왔습니다. 해방 이후 우리나라 대학입시 제도는 시험 점수 위주의 평가 체제로써 기본적인 전형 자료를 만들어 내는 주체인 고등학교에서의 내신, 학생 선발 주체인 대학에서의 대학별 고사, 그리고 공교육 제도 운영의 주체로서의 국가 관리 시험 이렇게 세 영역의 비중이 변화되어 오는 가운데 지금까지 16차례 수정 보완 과정을 거쳐 왔습니다. 문제는 최근의 대학입시 행태가 더 문제이죠. 2000년대 이후로는 거의 매년 바꿔다시피 해 왔다는 것인데요. 2000년대 들어서면서 대학입시에서 특별전형이니 수시 모집이니 해서 그 방법이 다양화되면서 각 대학별로 입시 요강이 천차만별입니다.

그에 따라 수험생이나 교사들이 느끼는 체감 변화 속도나 그에 따른 입시 난이도는 엄청 높은 게 사실입니다. 그리고 지난 김영삼 문민 정부 이래 모든 대통령이 교육 대통령을 표방해 오면서 교육 입국을 강조하였습니다. 집권한 정부는 자신들의 교육관에 따라 교육에서 가장 문제가 많은 대학입시에 칼을 댔고 이것이 지속적으로 대학입시가 바뀌어 온 하나의 이유이기도 합니다. 그만큼 정권이 바뀔 때마다 교육 문제에 지대한 관심을 가지게 되었는데 특히 그 관심은 대학입시 제도에 쏠려 있었다고 할 수 있습니다. 5·31 교육개혁, 2002 대입 제도 개선안, 2008 대입 제도 개선안 등 역대 정권마다 대학입시 개혁 정책을 쏟아 냈고 그때마다 우리의 고등학교 교육은 출렁거렸습니다. 요즘에는 고교학점제라는 괴물이 고등학교를 집어삼키고 있습니다. 대학입시가 너무 자주 바뀌다 보니 이참에 아예 대학입시를 법으로 묶어 놓는 건 어떤지도 생각해 보게 됩니다. 지난 문재인 정부 때 국가교육회의가 들어섰는데요, 앞으로 대학입시는 이런 국가적인 차원에서 접근하는 전략적 사고가 요구된다고 할 수 있겠습니다.

두 번째 특징은 국가와 대학 간의 한판 싸움이 우리의 대학입시입니다. 대학입시가 가지는 사회적 무게를 생각해 국가는 공공성의 가치를 강조하는 반면, 대학은 어떻게 하면 국가의 간섭에서 벗어나 자유롭게 학생을 선발할 것인가를 생각하면서 자율성의 가치를 강조해 왔습니다. 다시 말해 국가는 대학입시가 최소한 학교 교육의 정상화에 걸림돌이 되지 말아야 한다는 공공성의 입장을 견지한다면, 대학은 자기들 스스로 인재를 선발하겠다며 본고사의 부활을 줄기차게 시도해 왔습니다. 대학입시의 기본은 대학이 알아서 뽑도록 내버려 두면 되는 것입니다. 그런데도 국가가 자꾸 대학입시에 간섭하는 이유는 대학입시는 온 국민의 관심사일 정도로 사회적 책무가 너무 크기 때문입니다. 대한민국에서 대학입시는 입신출세의 수단이 된지 오래이고요, 또한 대학의 공고한 서열 구조와 세계 최고의 교육열에 따른 명문대 지향의 욕구가 결코 달갑지 않은 양상블을 만들어 내고 있습니다. 이렇게 전 국민이 관련된 국가 대사가 공정하게 치러지지 않을 경우 감당하기 힘든 국민적 저항에 부딪힐 것이므로 국가는 울며 겨자 먹기 식으로 대학입시에 뛰어들 수밖에 없죠. 결론적으로 국가는 대학에 좋은 일을 해 주고 욕만 독판 얻어먹는 구조인 것이죠.

세 번째 특징은 누가 뭐라 해도 우리의 대학입시는 사교육과의 전쟁입니다. 우리의 대학입시 역사는 '사교육과의 전쟁사(史)'라고 표현해도 지나치지 않습니다. 지금까지 모든 대학입시 정책의 초점은 사교육비 경감에 맞추어져 왔습니다. 특히 2000년 4월 27일 헌법재판소 과외 위헌 결정 이후 사교육은 폭발적으로 증가해 왔는데요. 2003년 집권한 노무현 정부는 사교육을 잡기 위해 사교육을 아예 공교육 내로 끌어들이는 방과후 학교 정책을 실시했습니다. 그리고 이와 더불어 국가에서 공식적으로 사교육을 하자는 논리로 EBS 수능 강의를 실시했습니다. 결과는 어땠을까요? 이런저런 노력도 다 허사로 돌아갔고, 사교육을 줄이는 데는 처절하게 실패했습니다. 왜 그럴까요? 사교육을 잡기 위해 우리는 공교육의 내실화를 내세웁니다. 그러나 아무리 공교육을 내실화한다고 해도 사교육은 줄어들지 않습니다. 그 이유는 우리나라 사교육의 특징은 남보다 앞서나가려는 심리에서 사교육을 받기 때문에 남들과 같이하는 방과 후 교육이나 EBS 같은 사교육에는 사람들이 만족을 못하는 것이죠. 2016년 경기도에서 7600가구를 대상으로 조사한 결과를 보면 사교육을 받는 이유로는 '남들보다 앞서나가기 위해서'가 41.6%로 가장 많았고, 이어 '남들이 하니까 안 하면 불안해서'가 17.8%, '학교 수업을 잘 따라가지 못해서'가 14.2%,

'학교 수업 수준이 낮아서'가 9.1%였습니다. EBS 수능강의 같은 처방으로는 사교육을 잡을 수 없는 이유인 거죠. 특히 2000년대 들어서 대학입시에서 수시 모집의 비중이 크게 증가해 입시가 복잡해지면서 그에 대응하기 위한 사교육이 더 기승을 부렸습니다. 이제 오늘날의 사교육은 초등학교로 옮겨 붙었는데요, 그 이유는 1990년대 중반의 특목고 열풍, 2000년부터 시작된 자립형 사립고, 2010년부터 시행된 고교다양화 정책에 따른 자사고, 영재고, 국제고 등 폭발적으로 늘어난 귀족 학교들 때문에 초등학교 때부터 준비를 해야 이런 학교에 아이를 보낼 수 있다고 생각하기 때문입니다. 옆집 아이가 받는 과외 때문에 항상 불안한 것이 대한민국의 학부모들입니다.

네 번째 특징으로는 입시의 한류를 들 수 있는데요, 입시의 한류라고 하니 잘 이해가 안 될 수도 있겠네요, 가요나 드라마도 아니고 웬 입시에서 한류 타령이냐고 생각하실 수도 있겠는데요, 우리나라 입시는 유교권의 다른 국가인 중국이나 일본에 비해 그 변화 속도가 정말 빠릅니다. 그래서 입시의 한류라고 명명한 것입니다. 시대 변화에 따라 우리의 대학입시도 변해 왔습니다. 현기증이 날 정도로 빠르게 변한다는 비난을 받고 있지만, 그 이면에는 세상의 빠른 변화를 받아들이려는 의도도 깔려 있다고 보아야 할 것입니다. 우리의 대학입시 변화를 큰 틀에서 보면 '시험에서 전형으로'라고 할 수 있겠습니다. 예전에는 학력고사나 수능처럼 100% 시험으로 학생을 선발했다면 최근 들어서는 특차 전형, 수시 전형, 입학사정관 전형, 학생부 종합 전형 등 시험 이외의 다른 요소를 가지고 학생을 선발하고 있습니다. 이는 다양화되어가는 21세기에 맞게 대학입시에서도 다양한 방법으로 학생들을 선발해야 한다는 시대적 요구를 반영하고 있다고 보여집니다.

다섯 번째로 우리 대학입시에 나타난 확연한 특징 중 하나는 대학의 서열화 및 양극화입니다. '서연고서성한중경외시'라고 하는 서울 소재 대학들의 서열은 5·31 교육개혁 이후 더욱더 공고해진 반면, 지방에 있는 무명의 대학들은 정원의 절반도 채우지 못하는 대학도 많습니다. 대학의 양극화 현상이 나타나고 있는 것이죠. 이렇게 대학의 서열화 양극화가 나타나게 된 원인 중 하나는 5·31 교육개혁 당시 도입된 '대학 설립 준칙주의' 때문입니다. 대학 설립 준칙주의는 대학의 설립 요건을 크게 완화해 준 조치인데요, 이렇게 대학답지 않은 대학들이 우후죽순 생겨나다 보니 대학의 서열이 더욱더 공고해진 것입니다. 또한 대학 서열화의 원인으로는 '서울대 해바라기 현상'을 들 수 있습니다. 모든 대학들이 서울대 흉내를 내면서 백화점식으로 학과를 나열함으로써 자기 대학만의 특성을 살리지 못하기 때문에 자연스럽게 서열이 매겨지는 형국인 것입니다.

여섯 번째 특징은 지나칠 정도로 나타나는 꼬리의 몸통 흔들기입니다. 대학입시는 엄연한 평가인데 그 평가가 그 이전의 학교 교육과정을 흔드는 식인 거죠. 우리 사회의 과열된 교육열과 대학입시가 차지하는 위상으로 인해 꼬리가 몸통을 흔드는 일은 아주 자연스러운 일로 받아들여집니다. 대학입시를 위해서라면 고등학교 교육의 파행쯤은 서로 인정할 수 있다는 암묵적인 거래가 존재합니다. 당국과 학교 간, 관리자와 교사 간, 교사와 학생 간, 교사와 학부모 간에 암묵적인 거래가 존재합니다. 꼬리가 몸통을 흔드는 것을 다르게 표현하면 우리 대학입시의 모습은 마치 층간소음과 같다고 할 수 있습니다. 위층에 사는 대학이 아래층에 사는 고등학교를 못살게 구는 것이 대학입시입니다. 고등학교 교육은 우리나라 교육 철학에 따라 교육을 하면 되고 평가는 그 차후의 문제인데 지금은 본말이 전도된 형태이죠. 고등학교 입장에서는 어떻게 하면 한 명의 제자라도 좋은 대학에 더 보내고 싶어 애를 태우는 반면, 대학은 손 안 대고 코 푸는 식으로 큰 비용 안 들이고 아이들을 뽑아 갑니다. 예를 하나 들어 볼까요? 대학입시 주요 요소인 수능만 해도 그렇죠. 국가가 세금을 들여 가면서 주관하고 감독도 중고등학교 교사들이 다 해 주고 대학은 점수만 가져가는 꼴입니다.

대학입시 역사 속으로

이 장에서는 우리의 대학입시가 어떻게 흘러왔는지 몇몇 사례를 통해 살펴보면서 우리 대학입시의 역사적 맥락을 알아보겠습니다. 말도 많고 탈도 많은 대학입시가 어떻게 흘러왔는지 변곡점에 해당하는 몇 가지를 짚어 볼까요?

첫 번째는 1980년으로 거슬러 올라가요. 당시 권력을 장악한 신군부는 국민들의 환심을 사고자 교육에 칼을 들이댑니다. 그것이 바로 7·30 교육개혁 조치이죠. 본고사 폐지 및 과외 전면 금지를 시행합니다. 그런데 이 교육개혁안은 신군부에서 마련한 것이 아닙니다. 이전부터 한국교육개발원에서 연구해 오던 것을 신군부가 힘으로 밀어붙인 거죠. 한국교육개발원의 연구 성과물인 문(文)과 신군부의 무력인 무(武)가 합쳐진 작품이었던 거죠. 당시 사회 분위기는 망국병 과외만 잡아 준다면 누구든지 대통령을 시켜 준다는 여론일 정도로 과외가 극성을 부렸습니다. 돼지치기라는 은어를 아시나요? 초등학교 6학년 학생들을 초등학교 선생님들이 자기 집에서 합숙을 시키면서 명문 중학교 입학 시험 준비를 시킨 것을 빗대어 한 말입니다. 초등학교 선생님들은 월급보다 과외비로 더 많은 돈을 벌기도 했어요. 그래서 그 당시 초등학교 교사 집에 대학교수가 세 들어 산다는 우스갯소리도 있었죠. 또 당시 서울의 학원 강사들은 돈을 정부미 포대 자루에 담아 갈 정도로 학원이 성업 중이었죠. 대학 입학 시험에 학교에서 배우지도 않는 어려운 본고사 문제가 나오니까 학생들이 학원으로 몰린 것입니다. 재수생 숫자도 엄청 많아 사회 문제시되던 시절이었습니다. 이런저런 이유로 망국병 과외를 잡기 위한 신군부의 강력한 교육개혁 조치로 대학입시 정책에 일대 전환을 가져왔습니다. 기존의 대학입시 방식인 예비고사와 본고사가 폐지되고 4지 선다형 시험인 학력고사 체제로 80년대 입시는 흘러갔습니다. 또한 이때부터 대학입시 요소로서 '내신'이라는 말이 등장하게 됩니다.

두 번째는 대학수학능력시험의 화려한 등장입니다. 80년대 말이 되면서 4지 선다형 찍기 시험인 학력고사에 대한 회의론이 등장하게 되었습니다. 학력고사는 학교 교육을 획일화시키는 주범으로 지목되었죠. 1989년 당시 정원식 교육부 장관은 역대 교육부 장관들을 초청하는 모임 자리에서 학력고사를 대체할 '대학입학적성시험'의 도입을 처음 거론하였습니다. 획일화된 학교 교육에 대한 반작용으로 대학수학능력시험이 등장하게 된 것이죠. 이에 따라 정부는 1992년 4월 대학입학시험제도 개선안을 발표하였고, 1993년 8월 20일 첫 수능이 치러졌습니다. 당시 처음 치러진 수학능력시험에 대하여 언론은 "산 교육이다, 탈교과적 문제들이다, 통합 출제되었다, 탐구 교육이 기대된다." 등으로 찬사를 보냈습니다. 수능의 화려한 등장이었죠. 그러나 그 이후로 수능은 수명을 다해 가며 누더기가 되었습니다. 적절한 시기에 적절한 형태의 다른 시험으로 교체를 했어야 했는데 시기를 놓치고 현재까지 흘러왔습니다.

세 번째는 우리 대학입시 정책에 큰 틀을 유지해 온 '3불 정책'에 대하여 알아보겠습니다. 3불 정책은 어감이 안 좋아 공교육 정상화 3원칙이라고 부르기도 합니다. 1994년 대학수학능력시험이 도입될 당시 정부는 94년부터 96년까지 한시적으로 본고사를 도입하기로 약속했죠. 당시 반대 여론도 많았지만 김영삼 문민 정부는 국민과의 약속이란 이유로 그대로 시행하였습니다. 그러나 3년간의 본고사로 인하여 사교육이 엄청 번성하게 되었습니다. 본고사 과외를 시키기 위해 엄마가 파출부를 한다는 이야기, 판검사가 과외비 때문에 일찍 옷을 벗고 변호사를 한다는 이야기가 이때 나온 이야기입니다. 이러한 부작용을 막고자 문민 정부는 1996년 새 대입 제도 개선안에 본고사 금지를 명문화하게 됩니다. 마찬가지로 그 해 기여입학제도 공식적으로 금지하여 2불이 탄생하게 됩니다. 또한 이 당시 5·31 교육개혁으로 대학입시에서 종합 생활 기록부를 도입하기로 결정하였는데, 이를 계기로 특목고나 비평준화 고교의 학부모들이 반대를 하며 들고 일어났습니다. 왜냐하면 우수한 자원이 몰려 있는 비평준화고나 특목고들이 내신에서 절대 불리한데 이를 대입에 반영한다는 것은 문제가 있다며 이의를 제기한 거죠. 이른바 '종생부 파동'인데요. 그래서 비평준화고와 특목고에서는 이른바 비교 내신을 적용해야 한다고 들고 일어났죠. 그러나 이는 거꾸로 평준화 지역의 고등학교들이 역차별을 받는 것이니 이러지도 저러지도 못하고 종합생활기록부 정책은 누더기로 변해갔어요. 한편 각 학교에서는 종합생활기록부가 대입에 반영된다고 하니 내신을 부풀리는 현상이 비일비재하게 일어나게 됩니다. 고등학교에서 내신을 부풀리니 대학들은 내신을 믿을 수 없다고 하소연하고, 그러면서 학부모들은 대학들이 은근슬쩍 고교등급제를 반영하는 건 아닌지 의심에 눈초리를 보내게 된 것이죠. 이러한 논란의 와중에 김대중 국민의 정부는 2002년 대입 제도 개선 안에서 고교 등급제를 금지하도록 하여 3불이 완성되게 됩니다. 사실 3불 정책 하면 노무현 정부에서 추진한 정책으로 잘못 오해하고 있는데 그렇지 않습니다. 이전 정부에서 성립된 정책을 노무현 정부 들어서 3불을 놓고 대학과 정부 간, 진보 단체와 보수 단체 간, 그리고 언론도 진보와 보수로 나뉘어 격렬한 논쟁을 벌여 그렇게 잘못 알고 있는 것입니다.

네 번째는 수능 등급제 파동을 들 수 있습니다. 노무현 정부 들어 당국에서는 교육혁신위원회를 만들어 사교육도 잡고 대학입시도 획기적으로 바꾸어 보고자 시도합니다. 이때 등장한 핵심 정책이 수능에서 표준 점수나 백분위는 제공하지 않고 등급만을 제공한다는 것이었죠. 수능에서 등급만을 제공하고자 한 이유는 수능을 사교육의 주범으로 보고 대학입시에서 수능의 영향력을 최대한 줄여 보자는 의도였습니다. 교육혁신위원회는 아예 이참에 수능의 영향력을 무력화시키고자 5등급제를 제안하게 되었고, 교육부는 그러면 변별력이 떨어져 대학의 본고사가 부활할 것이라고 맞서며 최소한 9등급은 유지해야 한다고 주장하였습니다. 결국 최종적으로는 9등급제로 결정되어 2008년도에 수능을 치르게 됩니다. 수능을 보고 나자 학교 현장은 완전히 혼란에 빠졌습니다. 대학입시 전형 요소로 수능이 여전히 절대적인 영향력을 가지고 있는데 뭉텅뭉텅 등급으로 나누어짐으로써 수험생들과 선생님들은 기준을 잡지 못해 매우 당황스러워했습니다. 기준을 잡지 못한 것도 문제지만 학생들 사이에서는 한 문제 차이로 천당과 지옥을 가는 일이 비일비재했습니다. 필자는 이 당시 고3 담임을 맡고 있어서 당시의 혼란상을 누구보다도 더 잘 알고 있는데요. 예를 들어 당시 국영수를 기준으로 분석해 보면 다음과 같은 일이 발생했습니다. A라는 학생은 국영수 300점 만점에 285점을 맞았고 B라는 학생은 278점을 맞았습니다. 그런데 수능 성적표에 등급으로 나온 건 A학생은 국영수가 각각 1등급 2등급 2등급(122)이고, B학생은 국영수가 각각 올1등급

(111)으로 나왔습니다. 이 상태로 라면 A학생은 전국에서 5000등 정도이고 B학생은 500등이 됩니다. 어처구니가 없죠. 111이면 서울대 지원 가능한 등급이고 122면 서울시립대 정도를 지원해야 하는 점수이거든요. 이런 혼란과 부작용 때문에 수능 등급제는 1년 만에 폐기 처분되었습니다. 교육혁신위원회의 모험적인 개혁안이 산산조각 나는 순간이었죠.

다섯 번째로 살펴볼 대학입시의 역사는 수능 오류의 잔혹사입니다. 1994학년도부터 실시된 수학능력시험은 초창기에는 각종 찬사를 받으며 순항을 했는데요, 점차 시간이 흐르면서 다람쥐 쳇바퀴와 같은 고루함에 빠지게 되면서 각종 오류가 나타나게 됩니다. 수능시험에서 처음 오류가 나타난 건 수능이 시행된 지 딱 10년째인 2003학년도 수능 때였습니다. 당시 언어 영역 17번 문제가 오류로 판정되어 복수 정답을 인정하는 첫 사례가 되었죠. 그리고는 2007년에 다시 문제 오류가 나타났는데요. 수능 문제 물리Ⅱ 4번 문제에 대해 수험생들이 집단으로 이의를 제기했습니다. 이에 대해 평가원은 며칠간의 검토 끝에 문제에 이상이 없다고 발표했습니다. 문제는 그렇게 봉합되는가 하더니 며칠 후 한국물리학회에서 복수 정답의 가능성을 제기하였고 급기야 평가원은 '정답 없음' 처리로 결론지었습니다. 이 사태로 평가원장이 물러나는 사태까지 이르렀습니다. 한국 대학입시의 중추인 수능 문제를 잘못 출제한다는 것은 아주 큰 사회적 파장을 몰고 오는 일이라는 것을 알 수 있습니다. 이어서 2009학년도 수능 지구과학Ⅰ 16번 문제도 잘못 출제되어 복수 정답을 인정하였고, 2013학년도에는 더 희한한 일이 벌어졌습니다. 세계지리 8번 문제에 대하여 수험생이 이의를 제기했지만 평가원 측에서 이를 묵살하였는데, 이에 수험생 38명이 소송을 제기했습니다. 이 재판에서 1심은 수험생들이 패소했지만 2심에서는 승소하여 결국 평가원 측은 수험생 구제 방안을 발표하는 굴욕을 당했습니다. 2015학년도 수능은 두 과목에서나 오류가 발견되었는데요. 생명과학 8번과 영어 25번 문제를 복수 정답 처리하였고, 결국 평가원장이 사퇴했습니다. 2017학년도 수능에도 문제가 있었는데요. 한국사 14번은 복수 정답 처리, 물리Ⅱ 9번 문제는 아예 정답 없음 처리를 했습니다.

수능 한 문제당 들어가는 국가 세금이 천만 원이라고 합니다. 출제 수당, 관리 수당, 인쇄비, 감독 수당 등등 비용이 만만치 않습니다. 수능이 시행된 지 30년이 지나고 있는데요. 그동안 오류도 많았을 뿐만 아니라 처음의 신선감은 없어지고 문제의 질도 계속 떨어지는 등 수능에 대한 대수술이 필요한 시점입니다. 한편, 문제의 질이 떨어져 가는 수능에 결정타를 먹인 정책이 수능과 EBS 연계 정책입니다. 이명박 정부 들어서 수능을 쉽게 출제한다는 취지 아래 수능과 EBS 문제를 70%까지 연계토록 했는데요. 이 정책으로 말미암아 수능 문제의 질이 떨어지는 것은 물론이고, 고등학교에서는 EBS 문제집만 반복해서 푸는 비정상적인 수업을 할 수 밖에 없었습니다. 또한 아이들은 EBS 문제집만 달달 외우는 식의 공부만을 하게 되었습니다. 오죽하면 영어 공부를 EBS 문제집 해석본을 먼저 달달 외운 다음, 영어 지문을 보는 식으로 공부를 했겠습니까? 결국 고등학교 교육을 황폐화시킨 아주 나쁜 정책이었던 거죠.

여섯 번째는 입학사정관제 도입의 역사입니다. 사실 입학사정관제는 미국 태생인데요. 지난 1920년대 미국 사회는 유럽에서 수많은 유대인들이 이주를 오게 됩니다. 대학입시를 놓고 유대인과 백인과의 경쟁에서 백인이 밀리기 때문에 백인 사회에서 궁여지책으로 마련한 제도가 입학사정관제입니다. 이 입학사정관제는 장차 대학에 기부를 많이 할 학생을 뽑아야 대학 발전에도 좋기 때문에 기부를 많이 할 백인을 뽑는 제도였던 것입니다. 이런 취지의 입학사정관제를 우리 대학입시에 도 입한 이유는 너무 점수 위주의 지나친 경쟁을 줄여 보자는 의미도 있었습니다. 입학사정관제가 처음 논의된 것은 2008 대입 제도 개선안이 마련되면서부터인데요. 2004년 8월 26일 발표된 2008년 이후 대입 제도 개선 방안에 처음 입학사정관제가 언급됩니다. 이에 따라 2007학년도부터 대학입시에서 입학사정관 전형이 전격 실시되었죠. 입학사정관제가 우리나라에 도입된 또 다른 맥락은 고교 평준화 균열 조짐과 관련이 있어요. 2000년대 초부터 늘어나기 시작한 자사고를 포함하여 특수 목적의 고등학교들이 많이 생기면서 이 학교들의 학생들을 뽑기 위한 방편으로 입학사정관제를 대학 측에서 선호하게 된 것이죠. 2011년도 대입에서는 춘천의 모 고등학교에서 내신 하위 등급의 학생이 연세대 입학사정관 전형에 합격해 화제가 되었는데요. 이 학생은 곤충 연구에 남다른 열정이 있어서 합격한 것이었죠. 이후 대학입시에서 '장수 풍뎅이 소녀', '철새 소년' 등 짝퉁 연구 학생들이 대거 등장했다고 하네요. 입학사정관 전형의 어두운 면이죠. 또한 입학사정관 전형은 대학들이 대학입시에서 중요한 역할을 해야 할 입학사정관들을 그야말로 급조하다시피 채용하면서 윤리성 등의 문제가 부각되면서 안 좋은 면이 나타나기도 했습니다. "형 잘 지내? 아들 Y대 원서 내면 연락해. 아내가 거기 입사관이자너."라는 문자가 SNS에 퍼져 많은 사람들의 공분을 산 웃지 못할 사건도 있었습니다. 결국 그 입학사정관은 해고되었죠. 아무튼 이래저래 입학사정관제에 대한 회의가 나타났고 현재는 학생부 종합전형으로 변신하여 우리 입시의 대세를 이끌고 있는 중입니다.

대학입시의 그늘

이 장에서는 대한민국 대학입시가 안고 있는 문제점을 진단해 보겠습니다. 우리 대학입시의 문제점은 수도 없이 많을 거예요. 과열 경쟁에다가 한 번의 실수도 용납하지 않는 경직성, 그리고 사람을 소수점 몇째 자리로 판단하는 비인간화 등등 일일이 나열하기도 힘들죠. 대학입시의 그늘을 하나씩 살펴볼까요?

첫 번째는 불평등 심화입니다. 교육하면 우리는 기회 균등을 떠올립니다. 지난날 우리의 교육은 모든 사람에게 혜택을 주는 희망의 사다리였습니다. 부모들은 자신들이 못 배운 한(恨)을 자식 대에서는 풀어 보고자 모두 교육에 매달렸고, 그 갈증을 해결해 주는 장치가 교육이었습니다. 그러나 언제부턴가 교육이 희망이 아닌 고통으로 우리 곁으로 다가왔습니다. 그 중심에 대학입시가 있습니다. 모두에게 공평한 대학입시 제도를 만들기 위해 이리 바꾸고 저리 바꾸어 왔는데 결과는 참혹하다고 할 수 있습니다. 이제 어느 누구도 더 이상 대한민국의 대학입시가 우리를 평등하게 해 주는 제도라고 생각하지 않습니다. 오히려 불평등을 심화시키는 제도라고 국민들은 생각합니다. 한국 사람들이 제일 싫어하는 것이 차별받는 것입니다. 하물며 중요한 대학입시에서 불평등이 나타난다면 이는 참을 수 없는 일이지요. 한국 사람들의 평등주의 문화의 원천은 어디일까요? 송호근은 한국의 평등주의를 '마음의 습관'이라고 하였습니다. 한국 사람들이 중요시하는 평등주의의 가치를 훼손한다면 그러한 대학입시 제도는 폐기 처분되어야 합니다. 그만큼 공정한 대학입시 제도가 요구되는 것입니다.

두 번째 그늘은 망가지는 창의력입니다. 창의력은 여유 속에서 발현되는 것이죠. 빡빡한 공부 속에서 창의성이 발현되기는 어렵습니다. 우리의 대학입시는 아이들을 점수 따는 기계로 만드는 구조입니다. 우리 대학입시 구조는 출발부터가 잘못되어 있습니다. 대학입시 전형 요소에서 아이들의 창의력을 좀먹는 것들은 무수히 많지만 그중 제일 문제는 신 중의 신이라고 하는 '내신'입니다. 대학입시에 고등학교 내신 점수가 반영되기 때문에 학생들이 이 내신을 따기 위한 공부에 매달릴 수 밖에 없습니다. 내신을 따기 위한 공부는 단편적인 지식만을 공부하게 된다는 것입니다. 왜냐하면 선생님들이 내신 평가 문제를 낼 때 자유롭고 창의적인 문제를 절대로 낼 수 없는 구조이죠. 자유로운 서술식이나 논술식의 문제를 내신 평가 문제로 냈다가는 그 뒷감당을 할 수 없기 때문에 교사들은 될 수 있으면 잡음이 생기지 않는 문제를 출제합니다. 잡음이 없는 문제란 정답이 딱딱 떨어지는 단답형 객관식 시험이죠. 또한 학생들은 중간 기말고사가 다가오면 한 달 전부터 준비에 들어갑니다. 자유롭게 다른 공부를 할 수 있는 구조가 아닌 거죠. 이러한 평가가 존재하는 한 아이들의 창의력은 망가지게 되어 있습니다. 한번 자문해 볼까요? 학교는 교육 기관인가요? 행정 기관인가요? 평가 기관인가요? 아이들을 교육한답시고 학교는 아이들을 한 줄로 세우며 아이들의 창의력을 갉아먹는 조직에 불과할지도 모릅니다. 4차 산업 혁명 시대에 학교는 아이들의 창의성을 키워 주기보다 시험 잘 치는 기계를 만들 뿐입니다. 그 선봉에 대학입시가 있습니다.

세 번째 대학입시의 그늘은 폭발하는 사교육비입니다. '사교육을 왜 받습니까?'라는 설문 조사 결과 '남보다 앞서 나가기 위해서'라는 응답이 절반을 넘었습니다. 우리나라 사교육은 자신이 모자란 부분을 보충하기 위해 받는 사교육도 있지만, 어떻게 하면 남들보다 한 발이라도 더 앞서 나갈까 하는 치열한 경쟁 심리로 인해 사교육을 받습니다. 구조가 이렇다 보니 남을 제쳐야만 자신이 승리하는 완전 제로섬 게임식의 경쟁입니다. 제로섬 게임식의 경쟁 구조에 돈이면 다 된다는 배금주의 문화가 합쳐져 사교육비는 폭발적으로 증가해 왔고 지금 이 순간에도 증가하고 있습니다. 학부모들의 불안감을 조장하는 사교육업자와 남보다 한 발짝이라도 앞서야 치열한 대학입시 경쟁에서 승리할 수 있다는 심리 때문에 사교육 의존도는 높아만 갑니다. 특히 최근에는 학생부 종합전형이 도입되면서 내신 성적뿐만 아니라 비교과에 대한 사교육도 경쟁적으로 늘어나고 있는 추세입니다.

네 번째는 대학입시라는 그늘 뒤에 숨어 자신의 교육적 소명을 다하지 않고 핑계 대는 교사들이 많다는 점입니다. 열의 없는 교사가 가장 선호하는 학교는 아이러니하게도 인문계 고등학교입니다. 왜냐하면 모든 화살을 대학입시로 돌릴 수 있기 때문이죠. 수업 시간에 자습을 시켜도 대학입시 때문에 죄책감이 없고, 수업에 혁신을 도입하는 것은 대학입시 교육에 방해가 된다며 거부하고, 아이들이 사교육을 받아서라도 자기 과목 성적이 올라가면 나쁠 리 없고, 수업 시간에 EBS 방송을 틀어 주어도 대학입시에 도움이 되니 괜찮다고 생각하고, 다람쥐 쳇바퀴 돌 듯하는 획일적인 학교 문화가 있어도 대학입시 핑계를 대며 고치려고 하지 않습니다. 이렇게 대학입시는 교사들의 무책임에 면죄부를 주는 역할을 하고 있습니다. 또한 예체능 분야로 대학을 가려는 아이들이 무단 결석을 하면서 학원을 전전해도 대학입시를 핑계로 아이들 생활 지도에 손을 놓고 있는 것도 교사와 학생 간에 암묵적인 거래인 것이죠. 특히 요즘 학생부 종합전형이 대세가 되면서 학생부 기록을 위해 학년말이면 교사들이 수업을 전폐하고 학생부 기록에 매달려도 당연한 현상으로 생각합니다. 수업이 없는 교실을 당연하게 받아들이는 학교 문화도 다 대학입시라는 핑계로 넘어갑니다.

다섯 번째 그늘은 판치는 위선들입니다. 요즈음 대학입시에서 학생부 종합전형이 대세가 되면서 학교에서 일어나는 모든 활동은 입학사정관에게 보여 주기 위한 것으로 변질되었습니다. 진정한 의미의 활동보다는 일단 보여 주는 것이 중요해진 것이죠. 봉사 활동, 동아리 활동, 독서 활동, 방과 후 교육 활동 등 학교의 모든 교육 프로그램은 학생부 기록을 위해 그 존재 의미가 있습니다. 학생부 기록이 대학입시를 위한 중요한 방편이기 때문에 학생부 기록을 위해 교사와 학생 간의 암묵적인 거래가 나타납니다. 교사가 학생을 관찰하여 학생부에 기록하는 것이 아니라 일정한 자료를 학생이 써 오면 그것을 토대로 교사가 학생부에 기록합니다. 학생부의 타당성이 의심되는 대목인거죠. 이 대목에서 타당성과 진정성에 대하여 한마디 하고 넘어가죠. 교사가 학생을 사랑하는 마음에는 진정성이 있어야죠. 그러나 교사가 학생을 관찰하여 학생부에 기록하는 내용에는 타당성이 중요합니다. 진정성과 타당성은 뉘앙스가 다른데요. 이는 빵집 주인의 진정성과 타당성에 비유할 수 있습니다. 빵집 주인이 손님에게 친절한 것은 그의 진정성입니다. 그러나 빵 맛이 좋은 것은 타당성에 해당합니다. 우리는 빵 맛 때문에 그 빵을 사지 빵집 주인의 친절 때문에 빵을 사진 않습니다. 이런 점에서 학생부에 기록되는 내용은 타당성이 매우 중요합니다. 그러면 한번 생각해 볼까요? 어떤 선생님이든 제자가 좋은 대학에 합격하기를 바라는 건 똑같습니다. 이런 점에서 학생부 기록에는 타당성과 진정성이 모호하게 섞여 있게 됩니다. 학생부가 대입 전형 요소인 이상 한 치의 오차도 없어야 타당성 있는 학생부가 되는 것이고, 그래야 신뢰가 생기는 데 말이죠.

여섯 번째 대학입시의 그늘은 부모는 없고 학부모만 있다는 현실입니다. 2019년 초에 방송된 드라마 〈SKY캐슬〉은 우리 사회의 비뚤어진 교육을 적나라하게 보여 주었습니다. 우리나라 학부모 모두 다 내 자식만 SKY를 가면 그만이라는 이기주의적 교육관을 가집니다. 그리고 내 자식이 대학입시의 터널을 빠져나오면 모두 다 손을 털고 떠나갑니다. 내 자식의 대학입시를 위해서라면 자신의 노후쯤이야 저당 잡힐 수 있다며 사교육에 올인합니다. 일단 남과의 경쟁에서 이기는 것이 중요하다고 생각하는 한국의 학부모들이죠. 이러한 학부모들의 비뚤어진 교육열이 가지는 가장 큰 문제는 아이들의 자기 주도성을 갉아먹는다는 것이죠. 이렇게 커 온 아이들은 자신의 인생 방향을 부모에게 맡겨 버립니다. 이런 아이들은 어떤 한계에 부딪히게 되면 곧바로 포기해 버리는 습관을 가지게 됩니다. 지금까지 부모가 다 해 주었는데 그 영역을 넘어서면 자기 할 일을 못하는 거죠. 이렇게 커 온 인재를 '도련님형 인재' 또는 '공주님형 인재'라고 합니다. 요즘 법무법인에서 인재를 채용할 때 SKY 로스쿨 출신을 기피한다고 합니다. 도대체 자기 스스로 일을 처리하는 것이 아니라 시키는 일만 할 줄 아는 도련님형 인재들이기 때문인거죠. 헬리콥터 부모들때문에 마마보이가 생겨납니다.

대학입시의 환경

현재 우리의 대학입시가 처한 환경은 어떠할까요? 시시각각 변하는 세상 속에서 대한민국의 대학입시는 표류하고 있습니다. 그 이유는 여전히 우리의 대학입시가 제 살 깎아 먹기식의 지위 경쟁의 도구 역할만 하고 있기 때문인데요. 변화하는 세상에 대처해 나갈 아이들을 길러 내야 하는데 오히려 대학입시가 발목을 잡고 있는 형국인거죠. 대학입시가 처한 환경을 안과 밖으로 나누어 살펴볼까요?

첫째 우리의 대학입시가 처한 환경은 대학에 갈 인원이 급감한다는 사실입니다. 현재도 지방의 사립대들은 정원을 다 못 채우는 현실이지만 앞으로 인구 절벽의 현실이 우리의 대학입시 앞에 나타날 것입니다. 현재의 추세대로라면 2023년에는 대학 입학 정원에 16만 명이 부족할 것으로 전망됩니다. 이러한 지속적인 학령 인구의 감소는 우리의 대학입시 환경에 상당한 영향을 미칠 것으로 예상됩니다. 1980년대는 인구 10명 당 학생 인구가 4명이었지만 현재는 10명 당 1.5명만이 학생입니다. 2017년에는 대학 입학 정원이 55만 명 정도였는데요. 2002년생 이후 신생아 출산 수는 40만 명대로 떨어져 있습니다. 대학을 가는 인원의 절대적인 감소, 우리 대학입시가 안고 있는 절박한 환경입니다.

둘째 우리의 대학입시가 처한 환경은 대학의 구조 조정입니다. 학령 인구의 감소에 따른 대학의 구조 조정은 필연적인 선택입니다. 대학 진학 인원에 비례하여 현재의 약 340개 대학 중 30% 정도가 소멸될 것으로 예상됩니다. 이제 대학다운 대학만 남고 무늬만 대학인 대학들은 다 퇴출되는 것이죠. 지금까지 정부는 2단계 대학 구조 조정을 진행해 왔습니다. 대학들을 평가하여 A, B, C군과 X, Y, Z군으로 나누어 A, B, C군 대학은 정원 감축 없이 잘 살리는 반면, X, Y, Z군 대학은 강력한 정원 감축 및 나아가 퇴출까지 시킨다는 방침이었죠. 그러나 대학들의 강력한 반발로 엉거주춤한 상태에 있습니다. 현재 교육부도 대학이 알아서 할 일이라고 선을 긋는 모양새입니다. 이러한 처사는 그 피해가 학생들에게 고스란히 돌아가는 구조가 될 가능성이 큽니다. 정부의 방치 속에 대학의 구조 조정은 암담한 터널을 지나는 중입니다. 대학의 강력한 구조 조정, 우리 대학입시가 처한 급변 모드의 환경 중 하나입니다.

세 번째는 대학 서열 파괴 조짐입니다. 아마도 대학의 서열이 파괴된다면 지금까지 관행적으로 진행되어 온 대학입시에 격렬한 요동이 칠 것입니다. 지금까지는 그냥 점수대로 서연고서성한이중경외시라고 하는 서열에 따라 대학을 가면 그만이었던 거죠. 그러나 이러한 서열이 파괴되는 순간 학생들은 자신의 적성과 취향에 맞는 과를 찾아 대학을 갈 것이고 그렇게 되면 대학 서열의 파괴는 더욱더 가속도가 붙을 것입니다. 이러한 대학 서열 파괴의 조짐은 여러 곳에서 나타나고 있는데요. 가장 주목할 만한 조사는 대학을 학과 단위로 평가해 본 것입 니다. 즉, 대학의 각 학과들을 상위 10% 이내의 학과를 조사해서 한 대학의 전체 학과 중 몇 개가 이 10% 안에 들어가는가를 조사해 보았는데 한양대가 1위를 차지했습니다. 서울대는 8위에 머물렀습니다. 그리고 또 하나의 조짐은 소위 SKY를 나온 아이들이 지신의 전공을 살리지 못하고 그냥 고시나 시험에 올인하는 현상입니다. 이것은 대학의 교육이 잘못되었다는 것일 수도 있지만,

대학의 서열이 더 이상 좋은 직장을 보장해 주는 시대는 지나갔다는 것을 의미합니다. 이러한 대학 서열의 파괴는 대학입시에 커다란 변화를 가져올 폭풍 전야와 같다고 할 수 있습니다.

네 번째로 우리의 대학입시가 처한 환경은 학자금 대출의 기만입니다. 지금까지 우리 사회의 인식 구조는 최소한 대학을 나와야 사람 구실을 한다는 문화였죠. 그러나 요즈음 나타나는 현상 중 하나는 대학을 가지 않고도 얼마든지 자신의 꿈을 찾아 진로를 정할 수 있다는 것인데요. 더군다나 이전까지는 학자금 대출을 받아가면서까지 대학을 다녔고, 이는 대학 졸업 후 바로 취직이 되질 않아 신용 유의자로 전락하는 사람이 많아지는 결과로 이어졌습니다. 현재 학자금 빚을 제때 갚지 못하는 연체자가 수만 명에 달하는 것으로 나타났습니다. 6개월 이상 연체를 하면 신용 유의자로 분류하는데 이런 졸업생도 4만 명이 넘습니다. 빚을 내서 학교를 다녔는데 취업은 안 되고 하니 연체를 할 수밖에 없는 것이죠. 그러나 요즘 청소년들은 학자금 대출을 받으면서까지 대학을 가려고 하지 않습니다. 대학을 나와도 취업이 되지 않는 현실에서 무리하게 학자금 대출을 받으면서까지 대학을 다니려고 하지 않는 것이죠. 이러한 변화도 우리 대학입시에 급변 조짐을 불러올 환경이라고 할 수 있습니다.

다섯 번째는 4차 산업 혁명과 노동 시장의 변화입니다. 앞으로의 세상은 수많은 직업들이 인공지능에 의해서 대체될 것입니다. 인공지능에 의해서 없어질 직업 중 대부분은 고학력자들이 점유하고 있는 직업들입니다. 의사나 판사 같은 직업은 앞으로 인간보다는 인공지능에 의한 판단을 사람들이 더 신뢰하게 된다는 것입니다. 이렇게 되면 인공지능에 의해 대체되지 못할 직업이 부상하게 될 것입니다. 이는 대학 교육과는 전혀 상관없는 직업의 부상을 의미합니다. 따라서 대학 교육에 대한 전반적인 회의론이 나타날 것이고 이는 우리 대학입시에도 엄청난 파괴력을 가져올 것입니다. 그리고 저출산 세대가 청년이 되는 시기가 되면 사람이 부족해 인력난과 구인난이 나타날 것입니다. 우리보다 저출산 시기가 더 빠른 일본의 경우 이러한 현상이 나타나고 있습니다. 지금 일본에서는 신입사원을 채용할 때 다른 회사로 전직을 하지 않겠다는 각서를 받는 것이 유행이라고 합니다. 요즘 우리나라에서도 자발적 비취업 청년을 뜻하는 '자비청'이 많아진다고 합니다. 일본에서도 일을 하지 않는 사토리 세대가 유행입니다. 이런 것들이 총체적으로 노동 시장에 큰 변화를 몰고 올 것이고 이를 토대로 대학입시에도 변화가 예상됩니다.

마지막 여섯 번째는 사교육의 붕괴 가능성입니다. 지금까지는 사교육에 의해 길러진 학력으로 대학을 가는 시대였지만 앞으로는 대학에서 그러한 인재를 절대로 선호하지 않을 것입니다. 오히려 사교육에 의해 길러진 아이들을 어떻게 하면 걸러 낼 것인가를 고민할 것입니다. 따라서 앞으로는 사교육을 받으면 받을수록 손해라는 생각들이 퍼져나갈 것이고 이러한 사교육의 붕괴는 우리의 대학입시에도 엄청난 변화를 가져다줄 것입니다. 더군다나 4차 산업 혁명으로 묘사되는 미래 사회에는 사교육에 의해 길러진 인재는 더 이상 버텨 내기가 어려울 것입니다.

대학입시의 원칙과 변칙

이 장에서는 대학입시에서의 정도 즉, 지켜야 할 원칙은 무엇인지 그리고 대학입시에서의 변칙 즉, 버려야 할 낡은 관념에 대하여 알아봅니다. 대학입시에서 지켜야 할 원칙으로는 공정성, 자율성, 공공성을 들 수 있습니다.

우선, 대학입시는 전 국민의 관심사이기 때문에 공정하게 시행되어야 합니다. 선발하는 과정에 공정하지 못한 기준이 개입된다면 대학입시가 오히려 사회 불신과 혼란만을 가중시키는 사회적 낭비라고 할 수 있습니다. 국가에서 지속적으로 3불 정책을 고수하는 이유도 최소한의 공정성을 담보하기 위한 고육지책일 것입니다. 선배들의 입시 결과를 가지고 후배들이 대학입시에서 평가를 받는 고교 등급제는 대표적인 불공정 처사일 거예요. 기여금을 내고 대학에 입학한다면 사람들은 이를 매우 불공정한 처사라고 비난할 것입니다.

두 번째 원칙으로는 대학의 자율성 보장입니다. 대학은 자율성이라는 공기로 숨을 쉬는 조직입니다. 대학에 자율성이 없다면 더 이상 존재 가치가 없다고 할 수 있습니다. 자율성에는 당연히 높은 책임 의식이 따르는데요. 대학의 자율성은 대학마다 추구하는 이상과 가치가 다르다는 것을 전제로 합니다. 따라서 대학입시는 대학이 자신의 이상과 가치에 맞는 인재를 선발할 최소한의 자율권을 가져야 합니다. 이것은 대학의 발전에 아주 중요한 요소이며 국가와 사회의 발전에도 결정적인 요소라고 생각합니다. 바로 대학입시에서 대학의 자율성이 지켜져야 하는 이유인 것입니다.

세 번째는 공공성의 가치입니다. 대학입시에서 대학에 자율성을 존중해 주지만 그것은 고등학교 교육을 해치지 않는 범위까지의 자율성이어야 합니다. 대학입시는 한 나라의 미래인재를 선발하는 국가적 관심사인 동시에 한 개인의 지위 상승과 입신출세를 위한 기회 획득이라는 사회적 선발 기능을 동시에 갖습니다. 따라서 대학입시는 단순히 대학만의 문제가 아니라 국가와 사회의 미래가 걸린 지극히 공공성이 큰 사안이죠. 대학입시에서 꼬리가 몸통을 흔드는 식의 행태는 매년 반복되어 왔는데요. 따라서 대학입시가 지켜야 할 원칙으로 고등학교 교육의 정상화 가치는 매우 소중하다고 할 수 있습니다. 올해 입시부터 서울대가 정시에서도 지역균형을 실시하면서 고등학교 3학년 2학기 성적을 집어넣는데 이는 고등학교 교육 정상화에 좋은 역할을 할 것입니다.

다음으로 대학입시에서 버려야 할 낡은 관념으로는 제로섬 게임식 경쟁 문화, 서열 구조에 안주하는 대학 문화, 시험 성적 만능주의 등을 들 수 있습니다. 첫 번째로 버려야 할 행태로는 대학입시에서 대학 간에 치졸할 정도의 인재 유치 경쟁인데요. 대학 간 교육력(力)에 큰 차이가 없는 상태에서 어느 인재가 어느 대학에 들어간들 우리 사회 전체로 보면 그리 큰 문제가 되진 않습니다. 그러나 대학에서는 사생결단을 하는 모양새로 인재 유치 경쟁에 혈안이 되어 있어 문제입니다. 신입생의 성적으로 자신들의 위상을 지키려는 꼼수라는 것을 우리는 다 알고 있습니다. 결국 따지고 보면 우리 모두에게 다 손해인 제로섬 게임식의 인재 유치 경쟁입니다. 하루빨리 버려야 할 낡은 행태인 거죠. 두 번째는 서열 구조에 안주하는 대학 문화입니다. 대학입시를 통해 대학은 자신들의 이상과 가치에 맞는 인재를 선발하는 것은 맞지만, 이것이 왜곡되어 대학입시 성적표를 통해 자신들의 서열을 공고히 하려는 문화가 있습니다. 여기에는 한국의 대학들이 별다른 특징 없이 백화점식 학과들을 가지고 있는 것도 큰 이유입니다. 대학별로 각각의 특징이 없다 보니 자연스럽게 순위가 매겨지는 식인 거죠. 또한 한국 사회가 가진 서열 의식과 맞물려 대학의 명문대 신화가 작동하고 있는 것입니다. 세 번째는 대학입시에서 모든 것을 시험 점수로만 판단하는 것을 버려야 합니다. 390점과 370점의 차이는 한낱 점수의 차이에 불과한데 마치 이를 주술처럼 받아들이는 대학입시 문화가 있습니다. 언어 1등급을 맞은 학생과 언어 2등급을 맞은 학생 중 앞의 학생이 언어 생활을 잘한다는 보장은 없잖아요? 그런데도 대학입시에서 이렇게 점수로 사람을 재단하는 것은 우리가 만든 틀 속에 우리 스스로를 가두는 우(愚)를 범하는 것이죠. 시험 점수로 사람을 판단하는 대학입시 문화는 버려야 할 낡은 관념입니다.

대학입시의 방향

앞으로의 대학입시가 가야 할 방향에 대하여 생각해 봅니다. 오늘날의 세계를 특징짓는 완벽한 묘사는 '4차 산업 혁명'입니다. 이제 우리 교육은 4차 산업 혁명 시대에 어떻게 나아갈 것인지를 고민해야 합니다. 특히 대한민국의 교육은 대학입시에 의해 휘둘리는 시스템이기 때문에 4차 산업 혁명 시대에 맞는 대학입시 정책이 꼭 필요합니다. 이러한 측면에서 대학입시의 방향을 논의해 봅니다.

첫 번째 주문은 '국가의 간섭 최소화'입니다. 지금까지 대학입시에 국가가 개입해 온 이유는 대학을 믿지 못했기 때문이었습니다. 대학입시에서 나타난 수많은 부정과 비리는 국가가 자연스럽게 대학입시의 주도권을 쥐게끔 만들어 주었는데요. 그러나 이제는 시대가 변했습니다. 대학이 더 이상 부정한 방법으로 대학입시를 운영할 수 없을 정도로 우리 사회는 투명해졌습니다. 또한 대학이 어떤 방식으로 학생을 뽑든지 간에 그것은 대학의 운명과 직결되는 시대입니다. 따라서 대학입시를 완전 대학 자율에 맡기면 4차 산업 혁명에 맞게 대학의 경쟁력도 올라가고 국가 경쟁력도 높아질 것입니다. 국가가 계속 대학입시에 간섭하는 것은 대학을 경직되게 만들어 대학의 발전에도 치명적인 손해가 될 것입니다. 망하든 흥하든 대학에 맡겨 두는 정책이 절대 필요한 시점이라고 할 수 있습니다.

두 번째로 주문하고자 하는 것은 입시의 생태계를 바꾸자는 제안입니다. 물고기 쉬리가 사는 하천은 1급수이죠. 이런 물고기를 깃대종이라고 부릅니다. 우리 대학입시도 이런 깃대종의 생태계를 만들어 나갈 필요가 있습니다. 대학입시의 생태계가 청정 지역의 생태계처럼 작동하도록 시스템을 만들어 나갈 필요가 있는 거죠. 이러한 원칙에 따라 대학입시를 운영하는 기준을 세우고 이를 위반할 시는 강력하게 퇴출시키는 문화를 만들어 나갈 필요가 있는 것입니다. 그 퇴출도 국가가 나서서 하기 보다는 대학들 스스로 그런 문화를 만들어 가도록 유도하는 것이 좋겠습니다.

세 번째는 정책 실명제의 원칙을 지켜야 한다는 것을 제안합니다. 지금까지의 대학입시 변화를 살펴보면 너무나 조변석개식으로 바뀌어 왔다는 것인데요. 어떤 입시 정책이 시행되어 학교 현장이 혼란에 빠질 때쯤이면, 정책을 만든 사람들은 대학입시와는 상관없는 곳으로 가 있습니다. 이렇게 어떤 정책에 대하여 끝까지 책임지는 자세가 부족한 것이 우리의 현실입니다. 따라서 앞으로는 대학입시 정책을 만들 때 정책 실명제를 실시하여 그 정책의 시행에서 나타나는 문제들까지도 책임을 지도록 해야 합니다. 이렇게 되면 더욱더 신중하게 대학입시 정책을 바꿀 것이고 그에 따른 부작용도 줄어들 것입니다.

네 번째는 지금까지도 노력해 왔지만 학교 교육의 정상화를 최우선의 원칙에 두어야 한다는 것입니다. 학교 교육이 있고 나서 대학입시가 있는 것인데, 꼬리가 몸통을 흔드는 격으로 우리의 대학입시는 고등학교 교육 위에 군림해 왔습니다. 또한 대학입시를 입신출세를 위한 마지막 관문으로 생각해 올인을 하고는 대학교에 입학한 후에 정작 중요한 공부를 하지 않는 풍토가 문제입니다. 아이들이 창의성을 위해서라도 고등학교까지는 좀 놀다가 대학교에 가서 공부하는 문화로 가야 합니다. 이런 점에서 우리의 대학입시가 추구해야 할 방향은 반드시 학교 교육의 정상화를 최우선의 가치에 두어야 합니다.

마지막 다섯 번째 대학입시의 방향은 '간단 명료하게 뽑아라.' 입니다. 대학입시 역사를 보면 아이러니하게도 학력고사 시절이 불평등이 가장 덜했던 것으로 연구 결과가 나왔습니다. 소위 개천에서 용이 나던 시절이었던 거죠. 요즘 학종이니 뭐니 하면서 창의적 인재를 선발해야 한다고 외치지만 이는 허구일 가능성이 많습니다. 고등학교 때까지 아이들의 창의성이 개발되면 얼마나 되겠습니까? 아직 미완성인 아이들을 놓고 창의적 인재니 융합적 인재니 하는 건 다 대학의 잣대 놀음에 놀아나는 꼴이나 마찬가지입니다. 아이들은 가능성이 무한한 존재입니다. 대학입시 하나로 창의적인 인재를 선발한다는 가식적인 이야기는 그만하고 그냥 대충 뽑아서 제대로 가르치겠다는 생각을 하는 게 중요합니다. 대학입시를 너무 복잡하게 만들면 모두가 불안하게 되고 이 불안감에 편승해 사교육만 더 기승을 부리게 되는 악순환에 빠지게 됩니다. 대학입시의 단순화 꼭 지향해야 할 방향입니다.

이상으로 우리의 대학입시가 가진 빛과 그림자에 대하여 살펴보았습니다. 작금의 대한민국 교육은 절체절명의 위기 상태에서 하루하루 버텨 가는 말기 암 환자와 비슷합니다. 세상은 빠르게 변합니다. 그 변화의 폭과 속도는 우리 교육이 따라잡기 불가능한 수준에까지 이르렀습니다. 이런 교육 불가능성의 시대에 우리의 대학입시는 최악의 천덕꾸러기로 전락해 있는 상태입니다. 환골탈태의 정신으로 대학입시 제도를 바꾸지 않는 이상 우리 교육의 미래는 없다고 단언할 수 있습니다.

다음 페이지의 칼럼들은 대학입시 최전선인 고3 담임을 하면서 대학입시에 대하여 고민하면서 써 온 것들입니다. 앞에서도 이야기했듯이 대학입시는 우리 대한민국 교육에서 천덕꾸러기로 전락한 지 오래입니다. 대학입시를 바꾸지 않고서 우리 대한민국 교육은 한 발자국도 나아갈 수 없습니다.

왜곡될 대로 왜곡된 대학입시

2016년 3월 15일은 이세돌이 알파고를 꺾은 날입니다. 물론 3판을 내리 지다가 4번째 판에서 이긴 것이지만 우리 인간들은 엄청 환호했어요. 최종 결과는 4:1로 알파고가 이겼는데요. 이 사건을 보면서 우리 인류는 충격에 휩싸입니다. 우리는 이세돌과 알파고의 대국을 보면서 머지않아 인간의 모든 영역을 침범해 들어올 인공지능에 대해 전율했어요. 비슷한 시기에 스위스에서는 2016 다보스 포럼이 열렸는데요. 이 포럼에서는 중요 논의 과제로 4차 산업 혁명을 꺼내 들었습니다. 클라우스 슈 밥 세계경제포럼 회장은 "우리는 지금까지 살아왔고 일하고 있던 삶의 방식을 근본적으로 바꿀 기술 혁명의 직전에 와 있다. 이 변화의 규모와 범위, 복잡성 등은 이전에 인류가 경험했던 것과는 전혀 다를 것이다."라고 하면서 제4차 산업 혁명이 코앞에 와 있음을 알렸습니다. 이러한 변화의 소용돌이 속에서 사람들의 뇌리에 떠오른 것은 '그렇다면 교육을 어떻게 해야 하는가.' 였죠. 미래 사회에 불어 닥칠 인공지능과 인간의 대결에서 인간이 절대 강자는 아닐지라도 인공지능이 접근하지 못하는 인간만의 영역을 가져야 할 것이고, 그러기 위해서는 창의적인 인간을 키우는 교육이 요구되는 절박한 상황인 거죠. 그러나 안타깝게도 창의적인 인간을 길러 내기 위한 교육을 시스템적으로 방해하는 것이 우리 대한민국의 대학입시 제도입니다. 우리나라의 대학입시는 모든 교육적 논의들을 식물화하여 빨아들이는 블랙홀이죠. 간단하게 말해, 교육의 두 축은 인간을 만드는 전인 교육이 한 축이고, 다른 한 축은 급변하는 미래 사회에 존재할 기반을 마련하는 창의성 교육일진대 이러한 전인 교육, 창의성 교육이 대학입시 앞에만 서면 흔적도 없이 사라져 버립니다. 그만큼 우리나라의 대학입시는 절대 지존의 위치에서 꿈적도 하지 않고 있는 것입니다.

학벌 사회인 대한민국에서 대학입시는 등용문 역할을 해 왔습니다. 또한 언제부턴가 생겨난 대학의 서열에 따라 입시 경쟁의 파고는 높아만 갔죠. 서열과 학벌 속에 대입 관문을 통과하기 위해 모두가 몸부림을 치는 사회가 대한민국입니다. 대학입시라는 관문을 통과하기 위해 비상식적이고 몰염치한 행동들이 나타나기도 하는데요. 말하기도 창피한 대학입시 부정 사건 두 개를 말해 보죠. 2005년 모 대학교 입학처장은 자신의 아들을 입학시키기 위해 출제 위원과 짜고 자신이 만든 문제를 출제 위원에게 건넸고 출제 위원은 그 문제를 그대로 출제했죠. 입학처장의 아들은 그해 수시 1학기 응시생 2600여 명 중 유일하게 만점을 받았습니다. 입시 업무를 공정하게 관리해야 할 입학처장이 그 직위를 이용해 치밀하게 범죄를 저지른 것이죠. 또 그해 일어난 ○○고 사건은 더 가관인데요. 교장과 교감, 교무부장, 과목 담당 교사 등이 학부모, 과외 교사와 짜고 시험지를 돈을 받고 미리 건네주거나 학생의 답안지를 고쳐 주는 방법으로 성적을 조작했습니다. 이같이 꼬리에 꼬리를 무는 교육계 입시 비리의 원인은 여러 가지가 있겠지만 그중에서도 우리 사회의 학벌주의를 가장 큰 이유로 들 수 있겠죠. 어떻게 되었든 간에 유명 대학의 간판만 따고 보자는 식인 거죠. 더 나아가 '내 자식만 잘되면 된다.'는 이기심도 한몫하고 있습니다. 많은 학부모들은 입시 터널을 빠져나오면 손 털고 애써 외면합니다. 한국의 입시 문제는 가장 뜨거운 이슈인 동시에 외면받는 이슈인 거죠. 외면

받는다는 것은 국민 모두가 기본으로 돌아가 이 문제를 공론화하여 올바른 방향을 탐색해야 하는데 그렇지 못하다는 반증일 거예요. 이렇게 모두 자기의 입장에서 대학입시를 논한다고 볼 수 있습니다. 그러다 보니 대학입시라는 실타래는 꼬일 대로 꼬여 가는 것입니다.

미래학자 앨빈 토플러는 "한국의 학생들은 15시간 동안 학교와 학원에서 미래에 필요하지 않을 지식과, 존재하지도 않을 직업을 위해서 시간을 낭비하고 있다."고 일갈했습니다. 입시의 사다리를 오르기 위해 오늘도 우리 학생들은 공부하고 또 공부합니다. 한국의 교육열은 하늘을 뚫고도 남을 교육열이죠. 한국에서 대학입시만큼 온 국민의 관심을 받는 정책은 드물죠. 그러나 이러한 교육열과 관심은 오로지 학력(學力)이 아니라 학력(學歷)만을 쌓겠다는 잘못된 방향으로 향하고 있는 것은 아닌지 심히 우려됩니다.

종생부 파동

1995년 발표된 5·31 교육개혁안 중에는 고등학교 교육을 정상화하기 위해 대학입시에서 종합생활기록부를 도입하겠다는 내용도 들어 있었습니다. 이 개혁안에 따라 1996년에 고등학교에 본격적으로 종합생활기록부(이하 종생부)가 도입되었죠. 그러나 종생부는 한 번 써먹지도 못하고 누더기로 변해 버렸습니다. 각 고등학교에서 성적 부풀리기가 횡행하는 바람에 여기 저기서 불만의 목소리만 높아 갔습니다. 교육개혁에는 망원경과 현미경 둘 다 필요하죠. 10년 100년 앞을 내다보는 망원경도 필요하고, 현미경처럼 교육 현장의 여러 가지 요인들을 꼼꼼하게 챙기는 세심함도 필요합니다. 아마 1997년에 불거진 종생부 파동은 현실을 꼼꼼하게 챙기지 못한 정책이 얼마나 학교 현장을 혼란에 빠트리는지를 보여 준 상징적인 사건입니다. 5·31 교육개혁안에서 제시된 종합생활기록부 도입과 대학입시에의 반영은 분명 좋은 정책이었죠. 그러나 종합생활기록부를 도입하면서 학교 현장의 성적 부풀리기를 미리 예측하고 그것을 막기 위한 대책을 포함했어야 옳았던 거죠. 이러한 현미경적인 관찰이 부족한 채 발표되니 학교 현장에서는 무차별적 100점 만점의 동점자를 양산한 것입니다. 아마 그 당시 교사들은 시험 문제를 쉽게 출제하여 한 명의 제자라도 더 100점을 맞을 수 있도록 하는 것이 제자 사랑의 길이라고 여겼던 것입니다. 수학 시험에서 절반의 학생이 100점을 맞는 일도 다반사였죠. 또한 이 종생부의 경우 학교 간 차이를 반영하지 못하는 문제점이 있어 특수목적고와 비평준화 지역의 학부모가 들고 일어나 학교 간 학력 차를 인정하라는 요구가 거세지면서 문제는 더욱 복잡해졌습니다. 종생부는 원래 상대평가식 내신제로는 암기 위주의 입시 교육에서 벗어날 수 없으니 절대평가를 도입하여 인성 교육을 강화하자는 게 도입 취지였습니다. 그러나 개혁이란 말하기는 쉬워도 실천하기란 어렵다는 사실을 이 종생부 파동은 여실히 보여 줍니다. 이렇게 대한민국에서의 대학입시는 철저히 검증된 개혁안만이 성공을 거둘 수 있지, 약간만이라도 이상향으로 치우쳤다간 곧바로 실패의 소용돌이에 몰리게 됩니다. 종생부 파동은 그 이름을 학교생활기록부로 바꾸면서 문제를 애써 봉합하려고 하였습니다. 그러나 여전히 문제는 수면 아래 머물러 있는 꼴이죠. 학교의 여전한 성적 부풀리기를 어떻게 할 것인가에 대한 고민, 대학입시의 종생부 반영률 40%의 고수와 대학 자율화 방안 등 해결해야 할 숙제를 안고 교육개혁 작업은 계속 이어졌습니다. 이후에도 이 종생부는 대학의 내신 반영률을 놓고 또 한 차례 문제를 일으킵니다. 이 내신 반영률 문제를 놓고 제가 2006년에 쓴 칼럼입니다. 제목은 '내신 실질 반영률 50%를 따져 보니-현 고3 학생들 혼란 불 보듯' 입니다.

교육인적자원부는 25일, 주요 사립대들이 내신을 무시하는 처사를 비판하며 내신 실질 반영률을 50%로 할 것을 주문했다. 이 방침에 따르지 않을 경우 불이익을 감수할 것을 각오하라는 메시지와 함께. 내신의 실질 반영률이란 무엇인가?

가령, 어느 대학입시에서 수능과 내신을 각각 절반씩 반영한다고 치자. 그러면 수능을 400점이라고 하면 내신도 400점을 반영하는 것이다. 그런데 지금까지 대학들은 내신 400점 중에서 350점 내외를 기본 점수로 주고 나머지 50점을 가지고 내신 점수를 반영해 왔다. 그렇다면 이 대학의 내신 실질 반영률은 800점 만점에 50점이 되므로 6.25%가 되는 것이다.

자! 이 실질 반영률을 50%로 올리는 것이 과연 가능한지 분석해 봤다. 이번 수능은 등급제이다. 국어 수리 영어 탐구 이렇게 4영역에서 각각 1등급부터 9등급까지 받는 제도이다. 따라서 1등은 1등급 4개 즉, 1111이고, 꼴찌는 9999일 것이다(탐구는 편의상 4과목 합산하여 하나로 계산). 각 대학은 이 등급을 점수화하여 반영하고 있다. 대학마다 차이는 있지만 점수화 방법 중 가장 기본적인 것이 1등급을 100점, 2등급을 90점 3등급을 80점 즉, 등급 간 10점의 차이를 두는 것이다. 이렇게 하면 9등급은 20점을 맞게 된다. 수능을 400점 만점으로 한다면 9999등급을 맞은 학생은 80점이 되는 것이다. 내신도 이러한 방식으로 분석해 보자.

전 과목 1등급인 학생은 1.0이고 전 과목 9등급인 학생은 9.0이 된다. 1.0인 학생을 만점, 즉 400점을 맞는다면 9.0인 학생은 80점이 되는 것이다. 딱 중간인 학생의 점수를 수치화해 보면, 수능 5555등급인 학생의 수능 점수는 240점, 내신 5.0인 학생의 내신 점수는 240점이 된다. 이러한 상황을 가정하여 실제로 두 학생을 비교해 가면서 진학 지도를 한다면 다음과 같다.

평준화 고교가 유리한 상황.

A라는 학생은 평준화 고교를 다니며 내신 관리를 잘해 와서 내신이 1.5

등급이며, 모의고사나 모의 수능을 통해 분석해 볼 때 수능에서는 1212를 맞을 것으로 예상된다. B 학생은 비평준화 고교를 다니고 있으며 내신은 2.5등급이며, 수능에서는 1111을 맞을 것으로 예상된다. 이 두 학생의 점수를 비교해 보면, A 학생의 내신 점수 380점, 수능 점수 380점 합계 760점이 된다. B 학생은 내신 점수 340점, 수능 점수 400점 합계 740점이 된다. 따라서 이 두 학생이 같은 대학 같은 과에 원서를 냈다면 A 학생이 훨씬 더 유리하다.

평준화 고교가 불리한 상황.

C라는 학생은 평준화 고교를 다니며 내신이 3.0등급이며, 모의고사나 모의 수능을 통해 분석해 볼 때 수능에서는 2323을 맞을 것으로 예상된다. 지방 국립대를 가려고 한다. D라는 학생은 군 단위의 학교를 다니며 모범생으로서 내신이 좋아 1.5등급이며, 수능에서는 3333을 맞을 것으로 예상된다. C라는 학생의 내신 점수는 320점이며 수능 점수는 340점으로 합계 680점이 된다. D라는 학생의 내신 점수는 380점이고 수능 점수는 320점으로 합계 700점이다. 따라서 이 두 학생이 지방 국립대 같은 과를 지원한다면 군 단위의 학교에서 내신 관리를 잘한 학생이 훨씬 더 유리하다. 만약 올해에 내신 실질 반영률 50%를 시행한다면, 갑작스레 유리해지는 학생과 극도로 불리해지는 학생이 나오게 되면서 고3 교실은 일대 혼란과 아수라장이 될 것이다.

3불 정책 줄다리기

3불 정책이란 고교 등급제 금지, 기여 입학제 금지, 본고사 금지 이렇게 세 가지를 금지하는 정책입니다. 지난 2000년대 초에 생겨나 노무현 정부 시절 대표적인 대학입시 정책으로 자리 잡았죠. 3불 정책이 논란의 전면에 등장하게 된 것은 2007년 입니다. 당시 대학 측과 교육부는 3불 정책을 놓고 폐지와 존속의 줄다리기를 팽팽하게 하였는데요. 서울대에서는 3불 정책이 대학 성장과 경쟁력 확보에 암초 같은 존재가 되고 있다고 정면 비판했으며, 158개 사립대학 총장으로 구성된 한국사립대학총장협의회도 3불 정책 폐지를 정부에 적극 건의하였습니다. 당시 정운찬 서울대 총장은 교육부가 고등 교육에서 손을 떼야 한다면서 '3불'까지는 아니더라도 본고사와 고교 등급제는 허가해야 한다고 주장하였습니다. 참교육을 위한 전국 학부모회 윤숙자 회장은 "3불 정책을 폐지하면 사교육 열풍이 더욱 불붙어 국민들 사이에 위화감이 조성되고 교육 불평등이 심화되는 결과를 초래할 것"이라며 "대학들이 폐지를 요구하는 것은 우수 학생들을 독식하겠다는 의도에서 나온 것"이라고 지적했습니다. 또한 그는 "대학들이 학생들을 잘 가르치는 데 집중하기보다 학생 선발 경쟁에 몰두하고 있다."며 "명문 대학들이 교육 정상화와 사회 통합에 기여하기보다 사회적 위화감을 조성하면서까지 자기의 이익만 챙기려 하고 있다."고 비판했습니다. 전국 교직원노동조합도 "교육부가 일부 대학의 3불 정책 폐지 주장에 대해 엄정한 조치를 취해야 한다."고 주장하면서, "3불 정책은 지금의 사회 현실에서 국민의 교육 평등권을 지키는 최소한의 장치"라며 "서울대와 사립대 총장들이 3불 폐지를 주장하고 나선 것은 국가 정책과 국민에 대한 정면 도전"이라고 규정했죠.

한편 3불 정책을 찬성하는 입장도 봇물처럼 터져 나왔는데요. 한국교총에서는 3불 정책을 무조건 고수할 것이 아니라 이제는 공론화할 때가 됐다며 대학입시 제도의 자율성과 중등 교육의 정상화, 대학의 책임감을 두루 고려해 3불 정책을 재검토해야 한다는 입장을 내놨습니다. 또한 기여 입학제는 시기상조이지만 본고사는 모집 단위별로 허용하되 국영수 위주의 획일적인 지필 고사는 지양하는 것이 바람직하며, 고교 등급제는 반대하지만 고교 간 학력 차이를 입시에 반영할 수 있도록 장치를 마련해야 한다고 주장하였습니다. 교육선진화운동본부 이명헌 대표도 "선진국형 교육을 위해서는 3불 정책을 없애는 방향으로 나아가는 게 맞다."며 "3불 정책 폐지를 위해 시간을 갖고 교육정책 전반의 방향을 전환해야 한다." 고 주장했습니다. '3불 정책' 논쟁의 핵심은 대학 자율성 인정 한계를 교육 평등권인 전인 교육과의 조화 관점에서 어느 범위까지 인정할 것인가의 문제라고 볼 수 있습니다. 3불 정책 논란이 한참이던 2008년 당시 법률에서는 기여 입학제, 고교 등급제, 본고사를 금지하는 명시적인 규정이 없어 법제화 논쟁 또한 계속되어 왔습니다. 기여 입학제와 고교 등급제의 경우 '모든 사람은 능력에 따라 균등한 교육을 받을 권리'를 보장한 헌법과 교육 기본법에 위배되는 제도라는 주장이 힘을 받아 왔습니다. 본고사의 경우에는 종전 고등교육법 시행령(제35조)에서 '논술 고사 외 필답 고사를 시행하는 대학에 대한 정부(교육과학기술부장관)의 시정 요구권 및 위반 시 재정적 제재 처분권' 부여 규정을 두고 있어 본고사 금지에 관하여는 법적 장치를 가지고 있었습니다. 이러한 상태에서 2008년 6월 11일 고등교육법 시행령(제32조)이 개정되어 대학 입학 전형에 관한 기본 계획의 수립 권한이 정부(교육과학기술부장관)에서 한국대학교육협의회에 이관되었습니다. 이는 정부 주도의 교육과정 운영에서 벗어나 대학의 자율과 책무에 바탕한 새로운 교육 체제를 구축하기 위한 교육 '규제' 개혁 조치의 일환으로 해석할 수 있습니다. 마찬가지로 본고사 관련 규정(제35조)도 개정되어 한국대학교육협의회에 통제 권한이 이양된 상태입니다.

수능 등급제 혼란

수능 등급제는 노무현 정부 시절 2008 대입 제도 개선안에서 나왔습니다. 문화 비교 연구의 권위자인 네덜란드의 홉스테드 교수는 한국의 문화적 특성으로 '집단주의'와 '불확실성 기피'를 꼽았습니다. 이런 점에서 2008 대입 제도 개선안은 너무 이상에 치우친 개혁안이었습니다. 이것을 집단주의적인 측면에서 분석해 보면 2008 개선안에서 내세운 고등학교 내신 성적의 대학입시 반영은 지난 1996년의 종생부 파동과 닮은꼴입니다. 밖에서 돌을 던지든 말든 우리 학교 내에 있는 우리 학생들에게 내신을 잘 주려는 것은 '우리'라는 집단주의의 착한 실천이죠. 선생님들은 전혀 양심의 거리낌이 없이 내신을 부풀릴 수 있습니다. 당연히 대학에서는 내신을 믿을 수 없다고 아우성치는 건 당연하죠. 고교 간 격차가 있는데 그것을 무시하고 입시에 내신을 반영한다는 것은 무리라는 것이죠. 여기서 고교 등급제라는 것이 나오고, 또 이것이 암암리에 실시되는 것이 아닌가 하는 학부모들의 불안감 등등 이렇게 '불확실성을 기피'하는 현상이 나타난 것입니다. 2008 개선안이 제시한 수능 등급제는 한국인들이 싫어하는 '불확실성'에 불을 지폈습니다. 수능 등급제라는 것이 개인 간의 차이를 그야말로 등급으로 뭉텅뭉텅 자리매김한다는 이야기인데 이는 선발고사의 의미를 도외시한 정책이었습니다. 같은 등급에 속한다고 해도 천정과 바닥의 차이는 엄청난 것임에도 모든 것을 운에 맡기는 수능 등급제였습니다. 수능 등급제를 도입한 대통령 직속의 교육혁신위원회는 사교육비 경감과 지나친 입시 경쟁을 줄여 보자는 의미에서 이 제도를 도입했지만 그들은 너무 현실과 동떨어져 있었습니다. 당시에 저는 고3 담임을 하고 있었는데 하도 답답하여 한 신문사에 수능 등급제의 허상을 기사화한 적이 있습니다. 당시의 생생한 상황을 보러 가시죠.

수백억 원의 국가 예산을 투자하여 실시한 수능 시험을 어떻게 하면 무력화시킬 수 있을 것인가? 이것이 수능 등급제의 요지이다. 선발을 위한 시험을 치러 놓고 이것을 가지고 선발하지 말라고 하는 이 제도는 과연 누구를 위한 제도인가? 답답하고 한심할 따름이다. 현 수능 등급제를 정책 입안한 자들을 앞으로 나와 작금에 벌어지고 있는 대한민국의 혼란에 대하여 명쾌하게 설명해 주기 바란다.

'뭉텅뭉텅 같은 등급에 속함으로써 한 개인의 능력과 점수가 획일화되어 간다.'

100점을 맞은 학생이나 91점을 맞은 학생이나 같이 취급된다. 예를 들어 인문계 학생 중 언수외(국영수)에서 100-90-95를 맞은 학생은 총점이 285점이지만 등급은 1-2-2이다. 한편 91-92-96을 맞은 학생은 총점에서는 278로 앞에 학생에게 밀리지만 예상 등급이 1-1-1로 나온다. 1-1-1이면 68만 수험생 중 500등 정도이지만 1-2-2면 5000등이다. 이게 무슨 귀신 씨나락 까먹는 놀이인가. 한 개인의 인생이 달라지는 국가 선발시험에서 이런 장난 같은 현상이 발생한다는 게 말이 되는가? 천인공노할 일이다.

'한 번의 실수가 돌이킬 수 없는 상황으로 만들어 버린다.'

한 과목의 실수가 회복 불능의 치명타가 되는 제도이다. 이번 수능에서 수리 '가' 과목이 쉽게 출제됨으로써 현재 1등급과 2등급을 구분하는 점수가 97점까지 올라갔다. 만점을 맞지 않으면 불안한 상황이다. 내 제자 중에는 지난 1년간 모의고사에서 전 영역 1등급을 놓치지 않았던 학생이 이번 수능에서 수리 '가'에서 4점짜리 1문항을 틀렸다. 이게 무슨 해괴한 일인가? 다른 과목을 모두 1등급을 맞아도 수학이 2등급이니 이 학생이 느끼는 무력감은 어떠할 것인가? 당장 바꿔야 할 등급제이다. 어차피 상대평가이니 내년부터는 백분위 점수로 반영하기 바란다.

'아래로 내려갈수록 개인 간의 차이가 무력화된다.'

1등급과 2등급에서는 점수 차이가 적지만 3, 4, 5등급에 가서는 점수 폭이 대폭 늘어난다. 3등급은 88점부터 77점까지 같이 취급하고, 4등급은 76점부터 60점까지 같이 취급하고, 5등급은 59점부터 40점까지를 같이 취급한다. 총점에서는 앞서지만 등급에서 역전을 당하는 경우가 다반사로 나올 것이다. 학생들은 실력껏 시험을 봐 놓고 또 한 번 천운에 기대하는 어처구니없는 현상들이 나타나고 있다.

'엄청난 동점자 발생을 예고한다.'

이제 실제로 대학입시가 시작되면 엄청난 혼란의 소용돌이가 나타날 것이다. 커트라인 대에서는 엄청난 동점자가 발생하여 대학 측에서는 무엇을 기준으로 동점자를 가릴 것인가를 명명백백하게 밝혀야 한다. 논술을 보는 대학은 당연히 논술 점수로 가리겠지만 수많은 중위권 대학들은 수능 점수로만 선발하기 때문에 혼란이 불가피하다. 또한 앞서 말한 것처럼 점수가 아래로 내려올수록 동점자는 더욱더 많이 발생한다.

'불안한 수험생들 수시로 몰리고, 그 와중에 대학들은 희희낙락'

현재 대한민국의 수험생들은 내 등급이 어떻게 나올지도 모르고 또, 등급이 나와도 이 등급으로 어느 대학을 갈 수 있는지도 정확히 모르는 패닉 상태에 빠져 있다. 이러한 불안한 상태에서 수능 이후에 원서를 접수한 대학에는 수험생들이 대거 몰렸다. 지난 20일 원서를 마감한 한국외국어대학교의 경우 281명 모집에 1만 4707명이 지원해 52.33:1의 경쟁률을 기록했다. 100:1의 경쟁률을 넘어선 곳도 두 군데나 있었다. 수험생들의 불안한 심리 상태를 단적으로 엿볼 수 있는 사례이다. 그 엄청난 경쟁률 속에 대학들은 전형료 챙기기에 바쁘다. 아니 대한민국의 학부모들은 무슨 저당잡힌 봉인가? 겨우 280명을 선발하는데 10억이라는 돈을 대학에 지불해야 하는가?

'수능 등급제는 당장 폐지되어야 한다.'

올해 입시에서는 그대로 밀고 나가는 수밖에 없지만 내년부터는 백분위 점수로 바꾸어야 한다. 전체 수험생 중에서 내가 서 있는 위치의 점수를 백분위로 환산하여 그대로 그 점수를 합하여 전형 요소로 반영하면 된다.

이렇게 수능 등급제 파동은 2008년 수능을 끝으로 마감되고 2009년 수능부터는 다시 백분위와 표준 점수가 제공되었습니다. 딱 한 해만에 파국을 맞은 셈이죠. 수능 등급제는 교육에 대한 전문성이 부족한 대통령의 아마추어리즘에서 비롯된 어처구니없는 대학입시 정책이었습니다. 그래서 정권을 초월한 가칭 '국가교육위원회' 같은 것을 만들어서 교육정책에 관한 한 초당적 초정권적인 정책을 만들어 시행해야 한다고 주장이 설득력을 가지는 것입니다. 풍선 효과가 나타나는 대학입시 정책의 경우는 더욱더 신중에 신중을 기해야 한다고 생각합니다.

입학사정관제와 학종 사태

학종은 학생부 종합전형의 줄임말이죠. 학종 또한 종생부처럼 '종' 자가 들어가 부르기도 참 안 좋습니다. 학종의 전신은 입학사정관제인데요. 입학사정관제는 미국 태생입니다. 미국의 대학은 거액의 기부금으로 운영되는 시스템이죠. 따라서 입학사정관제는 졸업을 하고 장차 학교에 기부금을 낼 학생을 뽑는 제도라고 할 수 있습니다. 역사를 거슬러 올라가면 지난 1920년대 이후 미국 사회는 유럽에서 유대인들이 대거 이주해 왔어요. 이들은 공부에서 상위권을 휩쓸며 미국의 아이비리그 대학을 점령해 나갔죠. 여기에 위기 의식을 느낀 대학들이 생각해 낸 꼼수가 입학사정관제입니다. 공부는 좀 못하지만 장차 우리 대학에 도움이 될 백인 학생을 어떤 식으로 뽑을 것인가에 대한 해법이 입학사정관제입니다. 우리나라에 입학사정관제가 들어온 해는 이명박 정부 초기인 2011년부터 입니다. 대학입시의 다양성을 추구하면서 입학사정관제가 들어왔지만 사실은 우리 사회의 고등학교 서열화와 관련이 있습니다. 2000년대 들어서면서 우리나라의 고등학교에는 평준화의 균열 조짐이 서서히 나타나고 있었습니다. 소위 특목고로 분류되는 외고들이 등장했으며, 자율형 사립고의 시범 운영과 2010년부터 자사고들이 대규모로 등장하였습니다. 대학의 입장에서는 이러한 평준화의 균열 속에서 어떻게 하면 우수한 학생을 뽑을 것인가를 고민하게 된 것이죠. 당시까지도 3불 정책은 고수되었기 때문에 고교 간에 등급이 존재한다고 해도 이를 대학 입학 전형 요소에

넣을 수는 없었으므로 이를 암암리에 해결할 수 있는 것이 입학사정관 전형으로 뽑는 것이었습니다. 이 입학사정관제는 포장하기도 좋았죠. 수능 일변도로 학생을 뽑는 것은 점수에 맞추어 학교와 학과를 선정하기 때문에 진로 적성에도 맞지 않아 중도에 그만두는 학생도 많으므로 이러한 진로와 적성을 미리미리 챙긴 학생을 입학사정관제로 선발하자는 것이었습니다. 이러한 입시의 변화는 기존의 수능 공부 논술 공부 등의 사교육 시장에 자기소개서와 스펙 관리라는 또 다른 사교육 수요가 생겨나면서 사교육 시장이 폭발적으로 증가했습니다. 소위 입시 컨설팅 업체들이 우후죽순 생겨나 수험생들과 학부모들의 불안 심리를 부채질하면서 자신들의 이익을 챙겼습니다. 이렇게 20년 전에 비해 사교육비는 15배 폭증했습니다. 동기야 어찌됐든 이 입학사정관제는 대한민국에서 우수 학생 싹쓸이라는 도구로 전락한 지 오래입니다. 서울 소재 상위권 10개 대학 입학생의 절반 이상이 특목고와 자사고 출신이라는 점은 입학사정관제가 어떻게 이용되는가를 적나라하게 보여 줍니다. 입학사정관제는 공부 잘하는 학생을 뽑자는 취지가 아니라 학생의 잠재 가능성을 보고 뽑는 제도입니다. 그런데 수능 성적 분포와 입학사정관 전형으로 뽑는 분포가 닮은 꼴이라면 있으나 마나한 제도인 것이죠. 그럴 바에야 그냥 수능으로 뽑으면 되기 때문입니다. 또 수능 성적 분포보다 오히려 입학사정관 전형에서 특목고나 외고 자사고 학생들이 더 유리하게 선발된다면 입학사정관들이 암암리에 고교에 등급을 매겨 차별화된 점수를 부여하기 때문에 나타난 결과일 것입니다. 입학사정관 전형은 투명성 면에서도 문제가 많이 불거져 왔습니다. 장애인 여학생을 집단 성폭행한 학생이 봉사왕으로 위장하여 모 대학에 입학한 사건은 입학사정관 전형이 얼마나 취약한지를 상징적으로 보여 줍니다. 서류와 면접으로 그 학생의 모든 면을 평가한다는 것 자체가 난센스인거죠. 한 명의 입학사정관이 보아야 할 학생이 1000명에 달한다는 현실은 그 공정성에 의문을 제기할 수밖에 없는 구조입니다. 또한 입학사정관들의 자질에도 문제가 많이 제기됩니다. 우리나라 현실이 정규직이 아닌 1년 계약직으로 입학사정관들을 채용하다 보니 업무의 연속성이나 전문성이 떨어질 수밖에 없습니다. 또한 입학사정관들이 관련 학원에 가서 몰래 강의를 하는 경우가 다반사였고, 학원 운영자들은 스스로 입학사정관들과 잘 아는 사이임을 자랑하기도 하였습니다. 어떤 학원에서는 학생과 입학사정관과의 은밀한 만남까지 주선하는 일도 서슴지 않았죠. 정부는 부랴부랴 2012년 1월 고등교육법을 고쳐서 입학사정관 경력이 있는 사람은 컨설팅 학원에 퇴직 이후 3년간 취업을 금지하는 법을 통과시켰습니다. 그만큼 입학사정관 전형이 문제가 있는 입시 전형 방법임을 나타내는 것이죠. 2015년부터는 이 입학사정관 전형이라는 말을 쓰지 않고 학생부 종합전형으로 통일해서 쓰고 있습니다. 올해를 기준으로 전체 입학 전형 중 50%를 학생부 종합전형으로 선발하는 추세입니다. 대한민국 입시의 대세가 된 만큼 공정한 관리가 되어야 할 것입니다. 지금 고등학교에서는 학종을 준비하기 위해 모든 학생이 매달리는 형국이 되어 버렸습니다. 사실, 학종이 필요한 학생도 있고 수능으로 가야 할 학생도 있고 논술로 가야 할 학생도 있는 것이죠. 이렇게 다양한 방법으로 대학을 가야 하는데 요즘에 벌어지는 사태는 너무 획일화되어 온 것은 아닌지 걱정됩니다.

우리의 대학입시 문제 해결이 어려운 이유

대한민국에서 대학입시가 문제가 되는 것은 사교육비와 밀접한 연관이 있습니다. 어떤 식으로든지 대학입시가 바뀌면 사교육비는 새로운 시장을 계속 만들어 가면서 늘어갑니다. 사그라드는 모닥불을 부지깽이로 휘저으면 불길이 확 치솟는 현상과 흡사하죠. 입시 제도가 바뀌면 그걸 빌미로 불안한 학부모와 학생들을 협박하는 사교육업자들이 설치게 되어 있습니다. 그래서 대학입시 정책을 함부로 바꾸면 안 되는 것입니다. 일본과 미국에 비해 우리의 대학입시 정책은 정권이 바뀔 때마다 바뀌어 왔습니다. 요즘에는 정권이 바뀔 때라기보다는 매년마다 입시 제도가 바뀌는 중입니다. 사태가 이러하니 학부모들은 불안할 수밖에 없습니다.

대학입시를 논하면서 정보 비대칭과 사교육을 생각하지 않을 수 없습니다. 대학입시가 계속 꼬여 가는 이유 중 하나는 입시 제도 자체가 언제부턴가 국민들이 쉽게 접근하기 어려운 구조로 되었다는 것입니다. 그러다 보니 결국 금수저들에게는 유리한 대입 제도가 만들어졌다는 지적이 나오는 것입니다. 대입 정보를 얼마만큼 빠르고 정확하게 입수하느냐에 따라 자녀의 합격을 보장받는 격이 된 것입니다.

정치가들은 한건주의에 매달립니다. 국민들의 관심을 끄는 한 건을 터트리면 바로 자신의 이미지가 올라가고 이는 바로 선거에서의 표로 이어집니다. 그래서 정치가들이 자주 건드리는 사안 중 하나가 대학입시입니다. 왜냐하면 대학입시는 그야말로 전 국민이 주시하고 있는 관심사이기 때문이죠. 한해에 수능을 보는 인원이 대략 50만 명이면 이에 딸린 가족을 생각하면 수백만 명이 됩니다. 또한 대학입시는 고3의 문제만이 아니죠. 고2, 고1, 그리고 중학생 초등학생까지 다 귀를 쫑긋 세우고 관심을 가지는 핫뉴스인 것입니다. 따라서 이러한 대학입시를 국민의 입맛에 맞게 바꾸어 놓는다면 그 정치가의 인기도는 올라가기 때문에 대학입시 정책을 이리 바꾸고 저리 바꾸고 하는 현상이 벌어지는 것입니다. 그러다 보니 대학입시는 누더기가 되고 맙니다. 이러한 현상은 각각 교육 대통령을 자임한 민주화 이후의 대통령 때부터 더욱 심하게 나타났습니다. 왜냐하면 독재 시절에는 국민들의 지지도나 표에 관심이 덜했지만, 민주화 이후에는 정권의 생명력이 결국은 국민들의 표에 따라 결정되었기 때문에 이것을 위해 대학입시를 희생의 제물로 삼는 경우가 많았던 것입니다.

대학입시 정책은 불가역성을 가집니다. 어떤 정책이든지 한번 세상 밖으로 나오면 더 이상 봉투 안으로 집어넣을 수 없습니다. 교육개혁은 달리는 고속 버스를 고치는 일과 같다고 하는데 특히 대학입시 정책은 더욱 더 그렇습니다. 매년마다 입시를 치르는 학생들이 있으며, 입시 정책의 변화에 따라 공부의 방향을 결정해야 하는 예비 수험생들이 넘쳐납니다. 따라서 어떤 대학입시 정책을 꺼내 들 때는 신중에 신중을 기해야 합니다. 지금까지의 경우를 보면 일단 세상에 나온 입시 정책이 문제가 많으면 그때부터 여기저기 손을 보게 됩니다. 그러다 보면 그 대학입시 정책은 그야말로 누더기가 됩니다. 태생부터 잘못된 대학입시 정책들이 그래왔습니다.

제3장

교사의 무력 앞에 초라한 아이들

교사의 무력 앞에 초라한 아이들

이 이야기를 하려니 정말 창피합니다. 그러나 어차피 반면교사가 되기로 했으니 해야겠네요. 제가 중학교 때 기술 선생님이 있었어요. 중학교 1학년 때 나는 3반이었습니다. 1-3반이죠. 학창시절 운이 억세게도 없었던 나는 6개 반 중 다른 반은 좋은 교실에서 공부했는데 우리 반은 창고를 교실로 개조한 데서 공부했습니다. 그 당시 우리 반 담임은 여선생님이셨는데 학기 초에 매일 우셨습니다. 거지 같은 교실 때문에요. 자기가 담임을 맡은 우리들에게 미안해서 교실에 아침 조회를 들어오시면 '얘들아 정말 미안하다.'라고 하시며 매일 우셨습니다. 제가 선생님이 된 지금 생각해 보면 아마도 학기 초 교실 배정을 할 때 서열에서 밀렸던 것 같습니다. 젊은 여교사라서요. 왜냐하면 순서대로라면 6반이 창고 교실로 가야 맞겠죠. 그런데 세 번째 반인 우리 반이 창고 교실로 간 건 힘에서 밀린 것이죠. 하여튼 그 먼지 나는 교실에서 우리는 먼지 나게 맞으며 공부했습니다. 특히, 기술 시간에는 거의 죽음이었죠. 기술 선생님은 우리들의 종아리를 거의 매일 때리셨는데 도구는 몽둥이였습니다. 건수만 있으면 때렸습니다. 아니 건수를 만들어서 때렸어요. 우리 종아리는 구렁이가 감은 것처럼 항상 멍이 들었습니다. 멍이 다 가실 즈음엔 무슨 건수가 생겨 또 맞았습니다. 시험 때마다 맞는 건 기본입니다. 그때는 시험도 많아서 중간고사 기말고사에 월말고사도 있었으니 더 자주 맞은 거죠. 우리 반 성적표를 가지고 담임을 대신해 우리를 때렸습니다. 기술 선생님이 얼마나 독했는지 껄렁껄렁하는 애들도 꼼짝을 못했습니다. 예를 들어 전교생이 강당에 모일 일이 있으면 아이들은 왁자지껄 진정이 안 됩니다. 여러 선생님들이 아무리 애를 써도 모두 허사, 그때 기술 선생님이 단상으로 올라오기만 하면 쥐죽은 듯 조용해졌습니다. 대단한 카리스마였죠. 기술 선생님에게 받은 벌 중에 가장 최악의 벌이 있었는데요, 한 시간 내내 천장 쳐다보기입니다. 처음 천장을 쳐다볼 땐 이것도 벌인가 했습니다. 그런데 조금 시간이 지나자 목이 당겨왔습니다. 여기저기서 침이 꼴깍꼴깍 넘어갔어요. 목은 아프지만 웃겨서 죽는 줄 알았습니다. 웃는 놈은 선생님이 돌아다니시면서 마빡을 한 대씩 갈겼습니다. 웃기기도 하고 아프기도 하고. 그렇게 조금 지나자 나중에는 웃음이 사라집니다. 왜냐하면 너무너무 고통스러우니까요. 그땐 목이 떨어져 나가는 줄 알았습니다. 고통의 기억을 간직한 최악의 벌이었죠. 그런데 어이없게도 초보 교사 시절 저도 이 벌을 써먹은 거예요. 물론 사정이 있었는데요. 한 번 들어보세요. 초임 시절 어느 고등학교에서 근무할 때인데요. 수업 시작이 되고서도 화장실에서 늦게 오는 놈, 떠드는 놈, 도통 진정이 안 되는 거예요. 그래서 이렇게 지시를 내렸죠. 수업이 시작되면 내가 들어오기 전에 모두 자리에 앉아서 천장을 쳐다보고 있으라고 했죠. 이렇게 지시를 내린 후 다음 시간부터는 수업 종이 울리고 교무실을 나와 복도를 지나 수업할 반으로 가면 아주 조용했습니다. 교실에 들어가 내가 탁하고 책을 내려놓고 교탁에 서면 실장이 차려! 경례! 그러면 수업이 시작됐습니다. 마치 무슨 종교 집단 같았어요. 일사불란하게 수업을 시작할 수 있다는 사실에 이를 즐겼던 기억이 있습니다. 반성합니다. 미안하다 얘들아, 선생님이 너무 무력을 행사한 것 같구나. 아이들에게 조지오웰의 소설 『1984』에 나오는 빅브라더가 감시하는 세상을 살아가는 것이 당연하다고 느끼게 만드는 교사로서의 폭력이었던 거죠. 죽은 사회의 반대는 무엇일까요? '죽은'의 반대말이 '산'이니 그러면 산 사회인가요? 그런데 그런 말은 없고 죽은 사회의 반대는 바로 시민 사회입니다. 건전한 시민이 존재할 때 우리 사회는 모두가 공평한 대접을 받으며 살아가죠. 그런 시민을 길러 내는 데 제가 실시한 저런 식의 교육 방법은 좋지 않습니다. 순종적인 시민만을 길러 낼 뿐이니까요.

학교가 군대는 아닐진대 강압적인 문화는 아이들의 시민 정신 함양에 좋지 않습니다. 학교 문화는 어때야 할까요? 어찌 보면 학교에서는 질서와 위계를 너무 강조하고 있는지도 모릅니다. 틀에 박힌 교육과정, 교칙 등 일사불란한 그 무엇을 요구하죠. 우리 교사들의 심리 속에 은연중 이러한 문화가 들어 있습니다. 이러한 일사불란한 문화는 군사 문화랑 비슷해서 맨 윗사람이 볼 때는 멋있고 편하죠. 군대는 이런 문화가 필요합니다. 왜냐하면 군대는 전쟁을 하는 집단이기 때문입니다. 전쟁은 신속한 판단과 결정이 요구되고 그 판단과 결정에 따라 모든 부대가 일치되게 움직여야 합니다. 그러나 학교는 무엇을 하는 곳인가요? 학교가 전쟁에서 써먹기 위한 인재를 키워내는 곳은 아닐진대 우리는 왜 아이들에게 규율을 강조할까요? '아이들에게 질서 의식을 키워 주기 위해서'라고 말하죠. 그런데 질서 의식을 키워 준다는 것은 모범적인 시민을 길러 낸다는 말일 것입니다. 모범적인 시민은 어떤 사람인가 생각해 보면, 사회에 문제를 별로 안 일으키고, 세금 잘 내고, 범죄 안 저지르고, 교통 법규 안 어기고 뭐 이런 것이겠죠. 이런 사람을 길러 내기 위해 우리는 학교에서 교칙에 따라 학생들이 순종하기를 바라는가요? 그런데 모범적인 시민이라는 것은 사회가 나쁜 방향으로 갈 때 그 사회가 망하지 않게, 사람이 사람답게 사는 방향으로 가도록 힘을 보태는 시민이 모범적인 시민일 거예요. 그렇다면 학교가 무언가 잘못 하고 있는 것이죠. 아이들을 순종적인 인간으로 길러낼 것이 아니라 스스로의 문제를 발견하고 스스로 해결 방안을 찾아가는 자율적인 인간을 길러내야 하는 것입니다. 학교는 그 어느 집단보다도 자율을 강조해야 합니다. 학교라는 사회가 가진 목적이나 규범 등도 객관적인 패러다임에 의존하는데, 교사인 나는 더 객관적인 잣대만을 가지고 아이들을 키워 온 것은 아닌지 곰곰이 생각해 보아야 할 문제입니다.

미안하다 애들아 선생님이 너무 철없이 굴었어

군대를 마치고 늦깎이로 첫 발령을 옥천 이원중학교로 받았어요. 정년퇴임하시는 선생님 자리로 9월 1일 자 발령이었죠. 처음 발령받고 가르친 과목은 도덕이 아니었어요. 퇴임하신 선생님이 세계사를 가르치셨기 때문에 제가 이어받아서 세계사를 가르치게 되었죠. 뜨악! 이를 어쩌란 말인가요? 왜냐하면 저는 학창 시절 세계사가 제일 싫어하는 과목이었거든요. 그 이유 중 하나는 중학교 때 세계사 선생님 덕분(?)이기도 한데요. 중학교 때 세계사 선생님은 칠판 글씨를 아주 잘 쓰셨어요. 수업 시간마다 참고서를 항상 가지고 들어오셨죠. 그리고는 칠판에 반듯한 정자로 참고서 내용을 똑같이 써 내려갔습니다. 설명도 없었고요. 우리는 선생님을 따라 노트에 똑같이 필기를 했습니다. 그런데 참고서는 우리도 가지고 있었죠. 칠판이 1/4정도 채워지면 선생님의 칠판 글씨가 약간 필기체로 변하셨어요. 그리고 수업이 끝날 때쯤이면 우리가 잘 알아보지 못하는 글씨체로 변해 있었죠. 세계사 시간이 정말 지겨웠습니다. 그런데 발령을 받자마자 세계사를 가르치라니 난감할 수밖에요. 그런데 세계사는 그런 과목이 아니었어요. 세계사라는 과목은 정말로 재미있는 과목이라는 걸 가르치면서 깨달았습니다. 매시간마다 관련된 책들을 읽은 후 아이들에게 재미있는 세계사 이야기를 해 주었습니다. 세계사에 그때 처음 눈을 뜬 거죠. 가르치면서 배운다는 말을 실감했습니다. 중간 기말고사도 아주 촘촘한 문제로 냈던 기억이 있습니다. 객관식 문제가 아니라 주관식 서술형 문제를 냈거든요. 세계사를 가르치면서 선생님으로서의 열정이 살아났는지 겨울방학 숙제로 중학교 1학년생들에게는 당치도 않는 문제를 냈습니다. 숙제 내용은 우리 사회에서 해결해야 할 주제를 하나 선정하여 그걸 설문지로 작성하고 이를 조사해서 분석해 오는 문제였어요. 지금 내가 생각해도 기가 막히는 난해한 문제였으니 애들은 더 기가 막혔을 거예요. 그렇게 숙제를 안고 아이들은 겨울방학에 들어갔습니다. 과연 몇 명이나 숙제를 해 올까? 아니나 다를까, 개학을 하니 숙제를 해 온 학생이 한 명도 없었습니다. 그 당시 3개 반을 가르쳤는데 방과 후 모두 남겨서 문제를 작성하라고 한 다음, 합격을 받으면 집으로 보내 주겠다고 했죠. 그렇게 합격된 문제를 받아들고 아이들은 집으로 갔고, 며칠 후 방학 숙제를 해 왔죠. 물론 개학 후니까 방과 후에 과제를 수행한 것이죠. 그 중에 지금도 기억에 남는 이름이 있습니다. ○미순! 당시 쌀 개방 문제가 국내에서 큰 이슈였는데 미순이는 이 쌀 개방 문제로 합격을 받았죠. 주제만 합격을 받았지 설문지 작성 및 설문조사 후 분석까지 할 일이 태산이었을 것입니다. 지금도 기억에 남는 미순이의 리포트는 원고지에 쌀 개방에 관련된 조사 내용을 분석하고는 '조용히 펜을 내려 놓는다.'는 마지막 문구가 생각나네요. 아주 잘 분석하였기에 지금까지도 생생하게 기억이 나는 것일 거예요. 이런 아이들을 두고 어처구니없게도 6개월 만에 이원중학교를 떠났습니다. 당시 사회과 교사 티감(정원 감축)이라는 말이 나왔는데요. 그때 나는 엄연히 도덕과 교사인데 사회과에 포함되어 논의되었던 거죠. 아주 초짜 교사라 잘 알지 못했던 거죠. 문제는 옥천 지역은 대전과 가깝기 때문에 거의 대부분 선생님들이 대전에 사십니다. 따라서 청주에 사는 내가 티감을 내기를 원하는 눈치들이셨습니다. 티감을 내려면 적어도

1년 이상은 근무를 해야 하는데 그런 것도 잘 알려주지 않으면서 논의된 것이죠. 결국 내가 티감을 내게 되었고, 그렇게 아이들과 헤어지게 되었습니다. 6개월 만에 아이들 마음에 상처를 주다니! 얼마나 많은 아이들이 나를 따랐는데! 2월 달 마지막 수업 시간에 아이들이 왜 선생님은 이렇게 일찍 전근가세요? 라고 물었는데 나는 제대로 말도 못하고 얼굴이 확 달아오르면서 얼버무렸던 기억밖에 없네요. 지금 생각해도 얼굴이 화끈거립니다. 그렇게 발령은 청주는 고사하고 이원하고 거리도 비슷한 음성으로 났습니다. 벌을 받은 거지요. 이듬해 음성 무극중학교에 근무할 때 미순이를 비롯한 많은 이원중 아이들에게 장문의 편지를 받았죠. 스승의 날 전후였는데 게으른 나는 답장도 못하고 그 이후로 이원중학교 아이들하고는 더 이상 연락이 닿질 않았습니다. 아마 무극중학교 아이들하고 정신없이 놀다 보니 그랬던 점도 있었다고 변명해 봅니다. 이원중학교 제자들에게 한마디 합니다.

'미안하다 얘들아~. 선생님이 너무 철없이 굴었어~'

내 인생 최악의 수업

나는 언제부턴가 충청북도 단재교육연수원에 자주 초청되는 강사 중의 한 명이 되었는데요. 강의가 끝나면 수강생들을 대상으로 강의 평가를 대외비로 단재교육원측에서 하는데 내 강의가 그리 나쁘지는 않았나 봅니다. 그러나 지금이야 이런 평가를 받고 있지만 나도 처음 단재교육원에 발을 들여놨을 때는 재미도 없고 저 스스로 지옥 같은 강의 그 자체였던 것 같습니다. 때는 2005년 겨울이었죠. 우선 2004년 11월경에 '창의적인 학급 경영'이라는 세 시간짜리 강의를 부탁받았어요. 네 개 반이었으니 이틀 동안이나 강의를 해야 했죠? 이 강의를 부탁받고 나서 엄청 걱정했습니다. 아무리 신규교사 추수연수(교사로 임용되고 1년 지난 교사들을 모아서 하는 연수)라지만 선생님들 앞에 서 본 적이 없었기 때문이었죠. 학창 시절 저는 원래 소심한 학생이었던 것 같아요. 있는 듯 없는 듯하는 학생이었죠. 남들 앞에 서서 말을 한다거나 발표를 하는 건 떨려서 잘 못하는 성격이었습니다. 수학 시간에 수학 문제를 칠판에 나와서 풀고 설명을 하는 시간이 있었는데, 나는 나가고는 싶었지만 도저히 떨려서 앞으로 나가지를 못했죠. 물론, 두 가지 이유가 있었죠. 하나는 수학 실력이 부족했기 때문이고, 다른 하나는 남 앞에 나서는 게 자신이 없었기 때문입니다. 그래서 나는 약국에서 청심환을 샀어요. 그리고는 수학 시간 전에 청심환을 먹고 앞에 나가 발표를 한 기억도 있습니다. 대학교 때도 처음 잔디밭에 앉아서 토론을 하는데 난생 처음하는 토론이라 무슨 말을 어떻게 해야 하는지 내가 하려고 하는 말이 적절한 말인지 정말 공포 그 자체였습니다. 그런데 한 번 말을 하고 나니 그 다음부터는 토론하는 게 재미있어지더군요. 하여튼 단재교육원에서 학급 경영 강의 부탁을 받고 엄청 걱정을 하고 있는데, 또 다른 강의 부탁이 들어왔어요. 창의적인 학급 경영이 1월 20일 경이라면 이 강의는 1월 10일 경이었어요. '사이버 윤리' 강의였습니다. 연구사님이 무조건 맡으라고 해서 얼떨결에 맡은 거죠. 그리고는 걱정만 했습니다. 하여튼 두 강의를 차근차근 준비해 나갔어요. 창의적으로 학급 경영을 한 적이 없던 나는 다른 담임들은 어떻게 강의를 하는가를 엿보기로 했죠. 전교조에서 주최하는 '빛깔이 있는 학급 운영' 이틀짜리 연수를 가 보았습니다. 전국에서 담임 잘하기로 소문난 선생님들을 모셔다가 강의를 듣는 연수였어요. 새벽 버스를 타고 서울로 다니면서 이틀동안 강의를 들었어요. '정말 다른 선생님들은 열과 성을 다하여 아이들을 지도하는구나.' 하는 감동을 받았습니다. 하여튼 창의적인 학급 경영 강의 준비도 하면서 '사이버 윤리' 강의도 준비했습니다. '안녕하십니까. ○○여고에 근무하는 김재훈입니다…….'처음 시작을 어떻게 할까 하고 이런저런 방식으로 연습도 해 보았죠. 사이버 윤리 강의 준비한 것은 내가 봐도 세 시간 정도의 분량은 충분히 되는 것 같았습니다. 일단 분량이라도 많아야 시간을 메울 수 있을 것 같았기 때문이죠. 드디어 강의 시작날! 연구사님이 나를 소개하고 나갔습니다. 강의가 시작되었는데요. 도대체 무슨 내용을 어떻게 강의했는지 기억이 나지 않습니다. 강의 중에 저승사자가 보이더군요. 한 젊은 선생님이 보였는데 나를 한 번도 쳐다보지도 않고 컴퓨터로 무언가만 계속하고 있는 거예요. '강의를 뭐 저딴 식으로 하지?'라고 속으로 비웃는 것 같았습니다. 순간 공포가 밀려왔습니다.

한겨울인데도 얼굴에서는 땀이 흘러 내렸어요. 총 두 시간 강의였는데 첫 시간이 끝나고 쉬는 시간 10분 후 두 번째 시간은 한 15분 강의하니까 더 이상 할 게 없더군요. 준비한 내용이 다 떨어진 거예요. 도대체 나머지 시간을 어쩌란 말인가? 아주 난감했죠. 다행히 그때 강의 장소가 컴퓨터실이라 선생님들에게 실습하세요 어쩌구 하면서 넘어갔습니다. 내 인생 최악의 수업이었죠.

서울대가 뭐길래

결론부터 말하면 준식이는 서울대학교를 못 들어갔습니다. 분명 우리 반에서 서울대에 근접한 몇 안 되는 학생 중 한 명이었는데 못 들어갔습니다. 준식이는 서울대 경제학과를 희망하고 있었습니다. 그래서 준식이는 3학년 1학기 때 사탐 과목에서 경제를 선택했습니다. 문제는 경제를 선택한 인원이 27명밖에 안 된다는 사실이 문제였죠. 27명이기 때문에 내신에서 1등급은 오로지 한 명밖에 나오지 않습니다. 1등급이 4%니까요. 서울대 경제학과를 수시로 쓰려면 내신 경제 1등급이 아주 중요하다고 할 수 있습니다. 그렇게 중간고사를 보자 준식이가 탁월한 점수로 1등을 하였습니다. 뒤에 막강한 녀석들이 있었지만 기말고사에서 큰 실수만 안한다면 1등급을 보장받아 놓은 상태였습니다. 그런데 준식이가 방심을 했는지 기말고사에서 뒤집혔습니다. 현수가 1등급을 받았습니다. 준식이는 2등급도 아닌 3등급을 받고 말았어요. 원래 우리 학교 학생들이 우수한 학생들만 모인 학교라 이런 현상이 나타난 것이긴 하지만 그래도 3등급은 너무 안타까운 점수였습니다. 그렇게 기말고사가 끝나고 수시 원서 접수철이 다가왔죠. 준식이와 상담을 하면서 경제학과를 지원하지 말고 어문학부로 지원할 것을 권유하였습니다. 물론 자신의 꿈이 경제학자인데 어문학부로 지원하라는 것은 합격만을 염두에 둔 처사이지만, 떨어지고 나면 아무것도 남는 것이 없기 때문에 그렇게 지도를 했습니다. 3학년 부장 선생님도 나서서 경제가 3등급이라 경제학부는 어려울 것이라고 어문

학부로 돌리라고 권유하였죠. 그러나 준식이의 자신감은 하늘을 찌르고 있었습니다. 수시로 안 되면 정시로 가면 된다는 계산을 하고 있었던 거죠. 결국 경제학과로 수시 원서를 넣었습니다. 서울대 특기자 전형(지금은 일반 전형으로 바뀜)이었습니다. 수능 보는 날 저녁에 서울대 1단계 발표를 했죠. 준식이와 현수가 동시에 서울대 사회과학부에 1단계 합격했습니다. 화이팅을 외쳤죠. 90명 모집에 140명을 1단계에서 통과시켰는데 그 안에 둘 다 든 것입니다. 그러나 마음 한구석에는 경제 3등급이 걸리고 있었죠. 서울대 면접 날 면접을 보고 난 후 어땠는가 하고 준식이와 통화를 해 보니 별무 만족인 듯 했어요. 현수도 면접을 썩 잘한 건 아닌 듯 했습니다. 사실 이 대목에서 면접의 폐해를 지적하면 학생들 중에는 적어도 10분 이상 상담을 해야 말문이 떨어지는 아이들이 많아요. 준식이와 현수도 그런 아이들이었죠. 이런 학생들을 7~8분 면접을 보고 평가한다는 건 말이 안되는 거죠. 그래서 대학입시에서 면접을 폐지하자는 의견도 많습니다. 짧은 시간에 그 학생의 진면목을 알아본다는 건 불가능하다는 논리죠. 준식이와 현수 모두 평상시 상담을 해 보면 10분 정도는 지나야 진가를 알 수 있는 아이들인데 7~8분 면접을 했으니 무엇을 보여 줄 수 있었겠습니까? 12월 어느 발표 날 준식이와 현수 모두 서울대에 낙방했습니다. 현수는 심리학과에 대한 열정이 너무 강하여 사회과학부로 지원했다 손 치더라도 준식이만은 어문학부로 지원시켜 합격의 영광을 누릴 수도 있었는데 그리 하지 못한 거죠. 3년 동안 준비한 것이 한꺼번에 날아 갔습니다. 한 번의 큰 실패는 사람을 쫄게 만드는데요. 준식이는 정시에서 서울대 지원을 아주 망설였습니다. 표준 점수가 예상 커트라인에서 약간 모자랐기 때문이죠. 담임인 나도 이제 마지막 티켓이라는 생각이 드니 강한

결단을 내리기 힘들었습니다. 그러나 준식이를 설득해서라도 정시 나군에 서울대를 지원시켰어야 했었습니다. 떨어질 각오를 하고서라도 지원했으면 좋은 결과를 가져올 수도 있었을 것인데요. 나약해진 준식이를 강력하게 이끌지 못한 담임으로서의 실패라고 할 수 있습니다. 지금은 준식이와 현수 모두 다른 대학에서 경제학과 심리학을 전공하고 있으니 전화위복이 되길 바랄 뿐이죠.

"준식이 현수! 모두 잘하고 있지?"

아이들이 다쳤을 때

담임은 정말 119 구급대보다 더 신속히 대처해야 합니다. 처음의 몇 분간이 평생 상처를 안고 살아가느냐 아니면 상처없이 살아가느냐를 좌우하기 때문이죠. 옥천 이원중학교 1학년 담임시절, 겨울이었습니다. 난로 위에는 항상 주전자에 물을 담아서 올려놓는데, 그 물은 오랫동안 올려놓으니 항상 펄펄 끓는 상태죠. 그런데 쉬는 시간에 문제가 터졌습니다. 아이들끼리 장난을 치다가 우리 반 한 아이가 그 물을 뒤집어 쓴 것이에요. 곧바로 아이를 내 차에 싣고 병원으로 달려갔죠. 벌써 목 뒤에 물이 닿은 곳은 벌겋게 부어올라 있더군요. 병원에 도착하자마자 엎드려 놓고 알콜솜으로 환부를 적셔 주기 시작했습니다. 두 시간 정도 치료를 한 것 같습니다. 나는 옆에서 계속 알콜을 적셔서 환부에 발라 주었죠. 신기하게도 두 시간 정도 지나니까 빨갛던 부위가 정상으로 되돌아오더군요. 아이의 목 부위에 큰 흉터 자국이 생길 뻔했지만 다행히 큰 화상은 아니었습니다. 아이들의 안전사고! 미리미리 예방하는 지혜가 요구됩니다.

유진이는 활달한 아이였어요. 정말 학급에서 분위기 메이커 역할을 하는 아이였죠. 예를 들어 학급 모둠 게임에서 980원 먼저 만들기 시합을 할 때 유진이는 전속력으로 학교 근처 슈퍼에 가서 잔돈을 바꾸어 오고 나서는 너무 힘들어 강당에 드러누웠던 아이였습니다. 하루는 오후에 수업을 하고 나오는데 유진이가 다리에 깁스를 하고 나타났습니다. 깜짝 놀라 물어보니 체육시간에 다쳤다고 하더군요. 체육선생님이 담임에게는 말 안

하고 병원으로 바로 데려가 치료를 했다고 말했습니다. 수능도 얼마 남지 않았는데 '한 달 이상 고생하겠구나!' 암튼 몸조심하며 잘 다니라고 말해 주었습니다. 청소 시간에 교실엘 가 보니 유진이 깁스한데다 다른 친구들이 컴싸로 격려의 글을 잔뜩 써 놓았더군요. 아무튼 '요즘 녀석들이란~.' 이렇게 하루가 지나고 다음다음 날 아침에 유진이가 학교엘 못 나왔어요. 다친 무릎에 이상이 생겨서 청주 큰 병원으로 가는 중이라고 어머니께서 전화하셨습니다. 가서 진찰을 받은 결과는 충격적이었습니다. 생각보다 크게 다친 걸 조그만 병원에서 대충 깁스를 해 놓은 것이 더 화근이 된 것이에요. 무릎 연골이 파열되어 대수술을 받아야 하는 상황이 된 거죠. 어머니께서는 응급 처치를 잘못해서 이 지경이 되었다고 한탄을 하셨습니다. 그때가 9월이었으니 수능을 볼지도 걱정이었습니다. 정말 상황은 악화일로였어요. 1차 수술을 받고 병원에서 있다가 잠시 퇴원하여 다시 입원, 2차 수술을 받아야 했습니다. 저는 문병 갈 때마다 그때그때 모의고사 문제를 챙겨서 갖다 주었죠. 간신히 퇴원하여 수능은 볼 수 있었습니다. 병원 생활 하느라 공부는 많이 못 했을 텐데 다행히도 점수는 잘 나왔습니다. 점수마저 안 나왔으면 부모님께서 더 서운해하셨을 텐데요. 유진이는 지금 이화여대를 다니고 있어서 가끔 카톡을 해 보면 여전히 무릎이 안 좋은 상태라고 하더군요. 그렇게 건강하던 유진이가 평생 동안 무릎이 안 좋은 상태로 살아야 한다는 것이 마음이 아픕니다.

큰 며느리 작은 며느리

재미로 읽기에는 약간 서글픈 '큰 며느리론 작은 며느리론' 이야기입니다. 작은 며느리와 큰 며느리가 있었는데요. 시어머니는 큰 며느리와 함께 살죠. 시어머니는 큰 며느리 시집살이를 시키기보다는 요즘에는 큰 며느리 눈치를 보며 산다고 할 수 있죠. 그래도 큰 며느리는 힘이 듭니다. 온갖 집안 살림을 다해야 하니 고달픈 큰 며느리는 전업주부입니다. 반면 작은 며느리는 직장을 다닙니다. 그것도 좋은 직장에 다니는 커리어 우먼이죠. 작은 며느리는 명절 때만 큰집에 옵니다. 명절 때만 시어머니를 만나는 거죠. 시어머니는 작은 며느리가 좋습니다. 왜냐하면 만날 때마다 용돈도 듬뿍 주지 같이 있는 내내 자근자근 이야기도 많이 하지 더할 나위 없이 좋습니다. 시어머니는 명절이 지나고 큰며느리와 남게 되면 패닉에 빠집니다. 작은 며느리와는 그렇게 다정다감하게 잘 놀다가도 큰 며느리와는 소 닭 보듯 합니다. 왜 그럴까요? 당신에게 정말 잘해 주는 사람은 큰 며느리인데 시어머니는 왜 가끔 명절 때만 오는 작은 며느리를 더 좋아할까요?

학교에도 큰 며느리 같은 선생님이 있고, 작은 며느리 같은 선생님이 있습니다. 큰 며느리 같은 선생님은 오직 아이들과 수업밖에 모릅니다. 학교 바깥에서 일어나는 일에 대해서는 관심을 둘 틈이 없는 거죠. 교육청 일이니 대학원이니 승진이니 하는 출세와 관련된 일은 관심 밖입니다. 반면에 작은 며느리 같은 선생님도 있습니다. 학교 일을 전혀 안 하는 건 아니지만 학교 바깥의 일도 많이 합니다. 강의를 하러 다닌다거나 책을 쓰러 다닌다거나 연구를 한다거나 하여튼 엄청 바쁘죠.

큰 며느리 같은 선생님 입장에서 보면 저 선생님은 정말 능력이 대단하다고 느끼지만, 한편으로는 학교 일은 소홀히 하는 건 아닌지, 아이들은 뒷전인지 걱정이 되기도 합니다. 아무리 그래도 관심사가 둘로 쪼개지면 아이들에게 관심이 덜 가기 때문이죠. 생각해 보면 이 문제는 그리 간단한 문제가 아닙니다.

절에 가면 이판승과 사판승이 있죠. 오로지 도만 닦는 스님을 이판승이라고 합니다. 그런데 절에도 할 일이 많죠. 재산 관리, 시설 관리, 신도 관리 등등 행정적인 업무도 만만치 않습니다. 이런 잡일을 하는 스님을 사판승이라고 합니다. 이판승은 사판승을 중이 도는 안 닦고 속세에 눈이 멀었다고 비난합니다. 사판승은 사판승대로 결국에는 내 덕에 먹고 살지 않느냐고 항변합니다. 가만히 생각해 보면 절에서 이판승과 사판승은 날줄과 씨줄의 관계라고 할 수 있습니다. 마찬가지로 우리 교육에서도 큰 틀에서 보면 큰 며느리 같은 교사도 필요하고, 작은 며느리 같은 교사도 필요한 것입니다. 서로 비난할 것이 아니라 각자가 처한 상황과 가진 교육 철학에 입각하여 최선의 길을 가면 됩니다. 다만 조건이 있죠. 우리 선생님들의 최고의 목적은 아이들을 향한 교육에 있어야 합니다. 이판승도 사판승도 최고의 목적은 도를 닦는 것인 것처럼 말입니다.

체육대회 이야기

체육대회만큼 반 아이들을 단결시키는 것도 없죠. 특히 줄다리기에서의 우승은 모두가 참여해서 하는 우승이라 더욱 감동적인데요. 담임을 하면서 줄다리기 우승을 많이 시켰는데요 노하우는 간단합니다. 체육대회 때 본부석 마이크에서 대진표에 따라 줄다리기 할 반을 부르기 전에 아이들을 미리 훈련시킵니다. 훈련시키는 방법은 앉았다 일어났다 100회 정도 시키면 됩니다. 특공 훈련이죠. 아이들은 힘들어 죽겠다고 합니다. 그래도 계속하는 거죠. 잠시 쉬었다가는 둘이 마주 보고 어깨를 마주잡고 다시 앉았다 일어나기를 자유롭게 하라고 합니다. 아이들은 힘들면서도 재미있으니까 열심히 합니다. 이렇게 하고 줄다리기를 나가면 아이들의 다리에 힘이 생기죠. 그렇게 하여 본 게임인 줄다리기에 나가면 다리 근육을 쓰면서 간단하게 상대방 반을 제압하는 거죠. 줄다리기는 다리 힘으로 이기는 것이에요. 손으로 아무리 잡아당겨 봤자 안 됩니다. 지지대 역할을 하는 다리에 힘이 들어가면 반드시 이깁니다. 훈련을 받은 아이들이 줄다리기를 하면서 다리에 힘을 받는 것이죠. 줄다리기 결승을 이기고 환호성과 함께하는 감동의 눈물! 체육대회 때마다 클라이막스입니다.

한번은 체육대회가 1박 2일이었는데 예선전에서 첫날 다 떨어진 적도 있었어요. 아이들을 위해 여러 게임을 미리 준비하면 지루하지 않게 1박 2일의 체육대회를 즐길 수 있어요. 그래서 저는 여왕벌 게임을 준비했는데요. 방법은 이렇죠. 모둠별로 닭싸움을 하는 것인데 그 모둠에서 여왕벌 역할을 할 사람을 자기들끼리만 알게 정합니다.

속닥속닥.

여왕벌은 심판인 담임에게만 알려주는 거예요. 여왕벌이 죽으면 지는 것이기 때문에 자기들 모둠끼리 전략을 잘 짜야 하는 게임인 거죠. 우리 반이 6개 모둠이라 모둠별 토너먼트를 하여 결승에 올라간 모둠은 너무 힘들어서 이렇게 말합니다.

"선생님! 좀 쉬었다 하면 안 되나요?"

노래하는 선생님

2019년 12월 겨울 출근길에 우연히 유튜브를 검색하다가 한 신인 가수가 노사연의 〈바램〉을 부르는 데 너무 기가 막히게 잘 부르는 거예요. 속으로 "와~ 얘 누구지?" 감탄이 절로 나오더군요. 저는 그날 하루 종일 그 노래를 부르면서 외웠습니다. 사실 노사연의 〈바램〉이라는 노래를 그날 처음 들었거든요. 가사도 너무 좋고 멜로디도 너무 좋고 해서 반복해 불러 가면서 외웠습니다. 그리고 그날 저녁 퇴임하시는 선생님 송별연에서 그 노래를 불러드렸어요. 퇴임하시는 선생님에게 불러 주기 딱 좋은 가사이기도 합니다. 그런데 나중에 이 신인 가수가 미스터 트롯에서 우승을 차지하더군요. 바로 임영웅이었습니다. 제가 선견지명이 쫌 있었나 봐요.

> 내 손에 잡은 것이 많아서 손이 아픕니다
> 등에 짊어진 삶에 무게가 온몸을 아프게 하고
> 매일 해결해야 하는 일 땜에 내 시간도 없이 살다가
> 평생 바쁘게 살아왔더니 다리도 아픕니다
> 내가 힘들고 외로워질 때 내 얘길 조금만 들어준다면
> 어느 날 갑자기 세월에 한복판에 덩그러니 혼자 있지 않겠죠
> 큰 것도 아니고 아주 작은 한마디 지친 나를 안아 주면서
> 사랑한다 정말 사랑한다는 그 말을 해 준다면
> 나는 사막을 걷는다 해도 꽃길이라 생각할 겁니다

우린 늙어 가는 것이 아니라 조금씩 익어 가는 겁니다♬

작년 2021년 스승의날 때 코로나 시국임에도 불구하고 아이들이 선생님들에게 카네이션을 달아 주는 행사를 하였습니다. 시청각실에서 선생님을 대표하여 제가 받게 되었는데 출근하면서 혼자 생각으로 그냥 꽃만 받는 건 맹숭맹숭하니까 아이들에게 노래를 하나 해 주어야겠다고 하면서 학교로 오자마자 시청각실로 가서 방송반 아이들에게 〈바램〉 반주를 다운받아 놓으라고 했습니다. 곧바로 선생님들이 모이고 전교생은 코로나 시국인지라 생중계로 교실에서 보게 되었는데 무대에서 노래 바램을 불렀습니다. 반응은 폭발적이었습니다. 하루 종일 복도를 다니면 아이들이 최고라고 좋아하더군요.

아무튼 저는 노래하는 걸 조금 좋아합니다. 그래서 아이들에게 노래를 불러준 몇몇 에피소드가 더 있어서 알려드릴게요. 며칠 전 윤리와 사상 시간에 철학 강의를 하다가 '인생은 어차피 미완성이다.'라는 철학자의 이야기를 하다가 '인생은 미완성♬ 쓰다가 마는 편지~♫' 이렇게 노래를 간단히 불러 주었죠. 잔잔한 교실이 약간 술렁거리더니 아이들이 "선생님 노래 불러주세요."라고 하는 게 아니겠어요? 이때 갑자기 이 노래가 생각이 나서 몇 소절 하려다가 아예 끝까지 불러 주었죠.

얼굴이 잘생긴 사람은 늙어 가는 게 슬프겠지
아무리 화려한 옷을 입어도 저녁이면 벗게 되니까
내 손에 주름이 있는 건 길고 긴 내 인생에 훈장이고
마음에 주름이 있는 건 버리지 못한 욕심에 흔적

청춘은 붉은색도 아니고, 사랑은 핑크빛도 아니더라
마음에 따라서 변하는 욕심 속 물감에 장난이지
그게 인생인거야♪
전화기 충전은 잘하면서 내 삶은 충전하지 못하고 사네
마음에 여백이 없어서 인생을 쫓기듯 그렸네♬

아이들에게 색다른 경험을 주기 위해 때로는 용기 있는(?) 교사가 되기도 해야 합니다. 한번은 수업에서 민주화 운동 이야기를 하다가 노무현 대통령이 청와대에 입성하고 나서 참모들과 감격에 겨워 모두 일어나 이 노래를 불렀단다라고 하면서 저도 모르게 아이들 앞에서 큰소리로 끝까지 불러 줬던 적도 있어요.

사랑도 명예도 이름도 남김없이
한평생 나가자던 뜨거운 맹세
동지는 간데 없고 깃발만 나부껴
새날이 올 때까지 흔들리지 말자
세월은 흘러가도 산천은 안다
깨어나서 외치는 뜨거운 함성
앞서서 나가니 산 자여 따르라
앞서서 나가니 산 자여 따르라♪

한번은 아이들을 데리고 광주 비엔날레 견학을 갔었죠. 학생들을 데리고 여기저기 구경을 하다가 오후에 야외 공연장엘 가게 되었습니다. 사람들이 많이 모여 있었고 가수들 공연도 보고 그렇게 지나다가 방청객 중에서 노래할 사람을 찾더군요. 그러다 사회자가 갑자기 저를 지명해서 얼떨결에 무대 위로 올라갔지요. 그리고 우리 아이들이 환호성을 지르고 해서 어차피 무대에 올라온 김에 노래를 열창했죠. 박상민 노래였던 것으로 기억합니다.

돌아오는 길에 옆자리에 앉은 여학생이 말했어요. "선생님 진짜 대단하세요. 무대 위에 올라가서 어떻게 그렇게 떨지도 않고 잘하실 수 있나요." 나는 속으로 '야 임마~ 선생님은 항상 학생들에게 모범을 보여야 하는 거야. 무대에 올라갔는데 쭈뼛쭈뼛하면 되겠어?'

한번은 체육대회 때 제가 분위기를 만들어 몇몇 선생님들에 모셔다가 아이들 앞에서 노래를 시켰어요. 선생님들이 노래를 하니까 옆반 아이들도 엄청 모여들었죠. 한 100명쯤 되었나? 그렇게 몇몇 선생님 노래가 끝나자 아이들이 김재훈! 김재훈! 하면서 저를 시키는 것 아니겠어요? 너희들을 위해서라면야 노래 하나쯤 못하겠냐? 사랑하는 짜식들~ 그래서 저는 제 18번인 소찬휘의 〈Tears〉를 처음부터 끝까지 불러 주었죠.

잊지는 마!

내 사랑을!

너는 내 안에 있어~

길진 않을 거야

슬픔이 가기까지

영원히~~♬

중간중간에 아이들이 질렀던 함성이 지금도 들리는 듯합니다. 노래 이야기가 나오니까 할 말이 참 많은데요. 그래서 아예 제가 준비해 온 자료가 있어 독자 여러분 읽을거리가 되겠다 싶어 공개합니다. 제목은 퀴즈로 풀어 보는 우리 대중가요의 역사입니다.

퀴즈로 풀어 보는 한국 대중가요의 역사

"한국의 대중가요는 이 노래를 기점으로 전과 후로 나누어집니다. 무슨 노래일까요?"

제가 처음 교단에 서서 아이들을 데리고 야영을 들어갔습니다. 둘째 날 밤에 캠프파이어를 할 때 이 노래를 틀어 줬는데 전교생이 똑같은 춤을 따라 추더군요. 문화적 충격이었죠. 무슨 노래일까요?

네 맞습니다.

서태지와 아이들의 〈난 알아요〉

> 난 알아요
> 이 밤이 흐르고 흐르면
> 누군가가 떠나야 한다는 사실을~~
> 오 그대여~ 울지 말아요~ 나는 지금 웃잖아요~♬

문화대통령 서태지와 아이들이었습니다. 그 멤버였던 양현석은 현재 YG엔터테인먼트를 이끌고 있죠.

다음 노래는

철금성의 목소리를 가진 가수의 대표곡입니다.

국민 가수로 불렸죠. 누구의 무슨 노래일까요? 가수 이름과 노래는?

네 맞습니다.

김건모의 〈핑계〉

지금도 이해할 수 없는 그 얘기로 넌 핑계를 대고 있어~

내게 그런 핑곌 대지마 입장 바꿔 생각을 해 봐

니가 나라면 넌 웃을 수 있니

혼자 남는 법을 가르쳐 준다고♬

다음 노래는

이 가수는 무명 가수일때부터 유명했다고 합니다. 대전 출신인데요. 대전에서 유명했던 무명 가수였죠. 이 가수와 그의 대표곡은 무엇일까요?

네 맞습니다.

신승훈의 〈미소 속에 비친 그대〉

너는 장미보다 아름답진 않지만 그보다 더 진한 향기가

너는 별빛보다 환하진 않지만 그보다 더 따사로와♬

네 다음은 과거로 가 볼까요?

지난 독재 정권 시절 금지곡들이 많았죠? 수많은 금지곡들 중 대표곡은 무엇일까요? 1965년 금지가 되었는데 당시 한일 국교정상화에 대한 국민 반대가 심하자 이 노래를 왜색이 난다며 여론 돌리기용으로 금지를 시켰어요. 당시 박정희는 이 가수의 이 노래를 너무 좋아해 청와대로 초청하기도 했답니다.

무슨 노래일까요?

네 맞습니다.

이미자의 〈동백아가씨〉

> 헤일 수 없이 수많은 밤을
> 내 가슴 도려 내는 아픔에 겨워
> 얼마나 울었던가 동백아가씨
> 그리움에 지쳐서 울다 지쳐서
> 꽃잎은 빨갛게 멍이 들었소♬

유명한 노래 중 금지곡이 된 사연이 가슴 아프죠. 이장희의 〈그건 너〉, 신중현의 〈미인〉, 김추자의 〈거짓말이야〉, 송창식의 〈왜 불러〉 등은 퇴폐 가사라는 이유로 금지됐지만, 실제 이유는 대학가에서 유신 정권을 비판하는 의미로 불려졌기 때문입니다. 배호가 부른 〈0시의 이별〉은 남녀가 0시에 헤어지면 당시 통행 금지 정책을 거스르기 때문에 금지. 정미조의 〈불꽃〉, 김민기의 〈아침이슬〉은 방송 부적합이라는 애매한 사유로 금지. 여기서 〈아침이슬〉이라는 노래를 좀 더 알아볼까요?

일단 노래부터 부르고 알아봅시다.

> 긴 밤 지새우고 풀잎마다 맺힌 진주보다 더 고~운 아침이슬처~럼 내 맘에 설움이 알알이 맺힐 때 아침 동산에 올~라 작은 미소를 배운다 태양은 묘지 위에 붉게 타오르고 한낮에 찌는 더위는 나에 시련일지라 나 이제 가노라 저 거친 광야~에 서러움 모두

버리고 나 이제 가노라♬

김민기의 아침이슬은 양희은이 넘겨받아 부르면서 폭발적인 인기를 누리게 됩니다. 왜냐하면 김민기는 약간 엄숙하게 불렀다면, 양희은은 완전 직설적으로 불러 사람의 가슴을 후벼 파기 때문이었죠. 독재자들이 시비를 건 이 부분 가사인데요.

'태양은 묘지 위에 붉게 타오르고'

왜냐하면, 태양은 지도자를 상징하고, 묘지는 혁명을 위해 쓰러져 간 인민들의 시체, 붉게는 공산주의 깃발을 의미하며, 타오르고는 공산 혁명의 완수를 의미한다는 건데 완전히 시비를 걸기 위한 수작이었죠.

아침이슬 가사 중

'한낮에 찌는 더위는 나의 시련일지라'

처음 가사는 너의 시련이었대요. 그런데 너를 나로 바꾸어 부르니 완전 감정 이입이 되면서 핵폭탄을 터트리게 된 거죠. 한 번 불러 보세요. 느낌이 완전히 다릅니다. 김민기씨가 뉴스룸에 나와서 한 말입니다.

> 1987년 6월 항쟁 때 시청 앞에 모인 100만 관중이 부른 노래가 〈아침이슬〉이고 2016년 11월 광화문에 모인 100만 관중이 부른 노래가 〈아침이슬〉입니다. 전 국민이 같이 할 수 있는 노래가 두 곡 있습니다. 무슨 노래일까요? 네 바로 〈애국가〉랑 〈아침이슬〉입니다.

금지곡에서 너무 렉이 걸렸네요. 다음 퀴즈로 넘어갑니다.

70년대 쌍두마차 두 가수가 있습니다. 누구일까요?

네, 맞습니다.

남진과 나훈아
그러면 그들의 대표곡은 무엇일까요?

저 푸른 초원 위에~
노래 제목이 생각 안 나시죠?

남진의 〈님과 함께〉입니다.

> 저 푸른 초원 위에 그림 같은 집을 짓고
> 사랑하는 우리 님과 한백년 살고 싶어
> 봄이면 씨앗 뿌려 여름이면 꽃이 피고
> 가을이면 풍년 들어 겨울이면 행복하네♬

나훈아 노래는 무엇이 있나요?
네 맞습니다.
〈고향역〉

> 코스모스 피어 있는 정든 고향역
> 이쁜이 꽃분이 모두 나와 반겨 주겠지
> 달려라 완행열차 설레는 가슴 안고
> 눈 감아도 떠오르는 그리운 나의 고향역♬

다음 퀴즈로 넘어갑니다.

1980년대 초 한국 가요계에 혜성처럼 등장한 슈퍼스타입니다. 각종 가요차트 1위부터 10위까지 그의 노래가 점령했던 적도 있습니다. 누구일까요? 그리고 그의 데뷔곡은 무엇일까요?

네, 맞습니다.

조용필의 〈돌아와요 부산항에〉

꽃 피는 동백섬에 봄이 왔건만

형제 떠난 부산항에 갈매기만 슬피우네♬

다음은 다시 2000년대로 와 볼까요?

아이돌 그룹의 원조이죠. 누구의 무슨 노래일까요?

2000년대 초 완전 광팬과 오빠부대를 몰고 다녔죠.

네 맞습니다.

HOT의 〈캔디〉

HOT는 뭐의 준말인가요? 그냥 HOT인가요? TV 〈음악캠프〉 프로그램에서 MC 김혜수가 핫으로 소개하기도 해서 난처해지기도 했다네요. 하이파이브 오브 틴에이저(High-five Of Teenagers)의 앞 글자를 따서 HOT인 거죠. HOT 그룹 멤버 다 아시죠? 강타, 문희준, 토니안, 장우혁, 이재원. 1996년부터 2001년까지 활동했습니다. 캔디 노래를 불러 볼까요?

사실은 오늘 너와의

만남을 정리하고 싶어

널 만날 거야 이런 날 이해해

어렵게 맘 정한 거라

내게 말할 거지만

사실 오늘 아침에

그냥 나 생각한 거야

햇살에 일어나 보니

너무나 눈부셔

당시 영세 기획사였던 SM을 대한민국 최고의 기획사로 키워 낸 그룹 HOT 장하다! 이때부터 팬덤을 타켓으로 한 기획형 아이돌의 시작. 한국 가수 최초로 베이징 단독 콘서트 개최. 여담인데요. 99년 수능에서 만점자가 최초로 나왔어요. 오승은 학생. 방송사에서 부랴부랴 인터뷰를 하는데 당시 최고의 인기 아이돌이던 HOT를 좋아하느냐고 묻자. 오승은 학생 왈. HOT가 뭐죠?

다음은 걸그룹의 전성 시대에 대하여 알아볼까요?

걸그룹의 전성 시대를 이끈 그룹과 대표곡은 뭘까요?

네 맞습니다.

소녀시대 〈Gee〉

너무 너무 멋져 눈이 눈이 부셔

숨을 못 쉬겠어 떨리는 Girl

Gee Gee Gee Gee

Baby Baby Baby Baby

Gee Gee Gee Gee

Baby Baby Baby Baby♬

제가 일본 여행을 갔을 때 일본 여중생들이 이 노래를 함께 부르며 지나가더군요. 너무 귀여워서 같이 사진도 찍어 주고 칭찬해 줬죠. 물론 말은 잘 안통했지만요. 소녀시대 멤버가 총 몇 명이죠? 네 8인조 걸그룹이죠. 태연, 써니, 티파니 영, 효연, 유리, 수영, 윤아, 서현. 걸그룹의 레전드 모델이 된 소녀시대였구요.

다음 걸그룹은 누구일까요?

완도군수 님 오십니다

네 맞습니다. 원더걸스(원더걸스 팬들의 은어죠. 완도군수.)

Wonder Girls를 스펠링 재조합을 하면 World Singer가 된다네요. 기획한 건 아니구요. 완전 우연의 일치이죠.

노래는?

네 맞습니다 〈Tell Me〉

텔미 텔미 테테테테 텔미♬

전국적으로 엄청난 열풍을 몰고 온 노래였죠.

그 당시 텔미 댄스도 유행했는데 제복을 입은 군인들 경찰들도 방송에 나와서 텔미 댄스를 추곤 했습니다. 원더걸스 멤버를 말해 보세요. 2007년 2월 10일에 데뷔했어요. 처음에는 선예, 현아, 소희, 선미 4인조로 준비하다가 마지막에 예은이 합류하여 5인조로 출발. 곧바로 현아가 장염으로 탈퇴 유빈 투입. 2010년 미국 투어 중 선미 탈퇴, 혜림 투입. 2015년 선예 결혼, 소희는 연기자로. 예전의 선미 재투입으로 4인조로 활동. 〈텔미〉도 〈텔미〉지만 〈NOBODY〉의 인기도 하늘을 찔러 국민 걸그룹으로 전성기를 구가하게 됩니다.

다음으로 넘어가요

2018부터 현재까지 전 세계적으로 유명한 그룹이죠.

네 맞습니다

그 이름도 자랑스러운

BTS

대표곡은 뭐예요?

네 뭐 여러곡이 있지만 저는 이 곡을 꼽고 싶습니다.

〈피 땀 눈물〉

마니마니마니 워내 마니 마니마니마니 워내 마니마니

무슨 뜻인지 아시나요?

많이많이많이 원해 많이 많이많이많이 원해 많이많이.

피, 땀, 눈물이 영어로 뭔가요?

Blood(피)

Sweat(땀)

Tears(눈물)

방탄소년단의 BTS 약자와 똑같아요. 정말 신기하죠? 수업시간에 아이들에게 이 이야기를 해 주었더니 아이들이 소름 돋는다고 하더군요. 인간이 흘려야 할 액체가 3가지인데요. 그게 바로 피, 땀, 눈물입니다. 우리가 피를 흘려야 할 때 피를 흘리지 않으면 우리는 노예로 살아야 하구요. 우리가 땀을 흘려야 할 때 땀을 흘리지 않으면 우리는 평생 가난 속에서 허덕이구요. 우리가 눈물을 흘려야 할 때 눈물을 흘리지 않으면 우리는 동물과 다를 바가 없습니다.

Life is event

○○고 근무 시절 팝송 경연대회가 있었어요. 내가 스스로 담당 영어 선생님을 찾아가 경연대회 때 출연하겠다고 공표를 해 버렸습니다. 그러고는 막상 대회가 다가오자 걱정이 많이 되었죠. 노래 제목은 Helloween의 〈A tale that wasn't right〉였습니다. 워낙 고음이 많은 노래라 부르기 까다로운 노래이지만 평소 노래방에서 많이 불러 봤기 때문에 선택했어요. 중요한 건 무대에 올라가서 가사를 까먹으면 안 되기 때문에 열심히 외우고 또 외웠죠. 드디어 대회 날이 다가왔습니다. 그냥 노래만 하는 건 재미 없을 것 같아 이벤트를 준비하기로 했습니다. 우선 낮에 햄버거 가게에 전화를 걸어 오후 8시 20분까지 햄버거 40개를 강당 입구까지 배달해 오도록 예약해 두었습니다. 7시부터 시작된 학생들의 노래가 끝나고 마지막 내 차례가 되었습니다. 때에 맞게 햄버거도 배달이 왔습니다. 이때 나는 1학년 부장에게 햄버거 배달 종업원 옷으로 얼른 갈아 입고 내가 단상에 올라가서 전화를 걸면 햄버거 박스를 들고 나오라고 시키고는 무대 위로 올라갔습니다. 그리고는 전교생 앞에서 'Life is event!'야 라고 소리치고는 내가 오늘 너희들에게 선물을 하나 주겠노라고 하였죠. 게임에서 이기는 반에게 햄버거 한 박스를 주겠노라고 선언하였습니다. 아이들은 박수와 환호성을 질렀습니다. 나는 그 자리에서 핸드폰을 꺼내서 전화를 거는 시늉을 했죠. 그리고는

"거기 오창 햄버거 가게죠? 햄버거 한 박스 빨리 배달해 주세요."

전화로 햄버거 주문이 끝나자 1학년 부장이 저 뒤에서 헬멧을 쓰고 햄버거 1박스를 들고 단상으로 올라왔습니다. 아이들의 눈이 휘둥그레 해졌죠. 도대체 어떻게 된 거지? 왜 이렇게 빨리 배달이 오지? 그렇게 단상에 올라온 사람을 아이들은 햄버거 가게 배달원으로 당연히 알았습니다. 그때 내가 인터뷰를 했습니다.

"어느 가게에서 오셨나요?"

"오창 햄버거 가게에서 왔습니다."

1학년 부장이 대답을 하자 아이들이 박장대소를 했어요. 그때서야 아이들이 알아차린 것이죠. 그렇게 한바탕 소동 후 각 반 실장을 모두 무대로 올라오도록 했습니다. 16명의 실장을 일렬로 세워 놓고는 게임을 시작하겠노라고 했습니다. 일명 up-down 게임. 어느 숫자를 놓고(사회자만 앎.) 실장들이 돌아가면서 숫자를 말하면 사회자가 up과 down을 외쳐서 좁혀 가는 게임이죠. 나는 교장 선생님한테 뛰어 내려가 귓속말로 숫자를 하나 받아왔습니다. 그리고는 게임 시작. 그렇게 약 2분간의 up-down 속에 2학년 2반이 숫자를 맞추고 선물을 받아 갔습니다. 아쉬움과 탄성의 목소리! 그렇게 게임이 끝나고 팝송 〈A tale that wasn't right〉를 불러주었죠. 아이들의 환호성이 아직도 들리는 듯 합니다. 그날은 우리 아이들에게 학창 시절 하나의 추억거리를 만들어 준 이벤트였습니다.

아련한 초등학교 시절 이야기

저의 초등학교 시절 이야기는 어쩌면 이문열의 소설 『우리들의 일그러진 영웅』의 장면과 너무나도 흡사합니다. 그 소설이 나왔을 때 나는 마치 내 이야기를 보는 것 같았어요. 초등학교 4학년 때 엄석대(가명)이라는 괴물이 있었어요. 우리가 열 한 살이라면 석대는 열아홉 살로 우리보다 여덟 살이나 많았죠. 나이가 형에 형뻘이니 자연스럽게 우리 반에서 절대 권력을 가지게 된 인물이었어요. 반 아이들에게 석대의 말은 법이었습니다. 석대가 절대 권력을 가지고 있으니 석대 주변에는 알랑방귀를 끼는 아이들이 많이 모여들었죠. 예를 들어 소풍 때면 아이들은 계란을 삶아다 석대에게 바쳤습니다. 물론 나는 그렇게까지 하면서 석대 밑에 들어가진 않았습니다. 그래서 나를 비롯한 몇몇 아이들은 아웃사이더였죠. 지금 세세하게 기억나진 않지만, 당시 우리 반에서 일어나는 여러 가지 부당함에 못 이겨 나는 아버지에게 석대의 잘못된 행위를 말씀드리면서 도움을 청했습니다. 그때 당시 아들들이 다 그랬겠지만 나와 아버지는 대화가 거의 없는 그런 부자지간이었습니다. 그런 부자 간에 속 깊은 대화를 나눴다는 사실 자체가 큰 공감대 형성이었죠. 그날 저녁 아버지는 담임 선생님 갖다 드리라고 편지를 쓰셨어요. 나는 용기를 내어 다음 날 교무실에 가서 담임 선생님에게 편지를 드렸습니다. 담임 선생님은 내 앞에서 편지를 읽으시더니 말이 없으셨습니다. 그리고는 교실에 가 있으라고 하더군요. '담임 선생님은 과연 이 일을 어떻게 처리하실까?' 마음이 조마조마했습니다. 3교시가 끝나고 담임 선생님이 석대를 교무실로 부르는 것 같았습니다. 석대가 교무실 갔다가 다시 교실로 들어오면서 나와 눈이 마주쳤는데 완전 호랑이 눈 같았습니다. 긴장되는 순간이 흘러가고 있었죠. 청소 시간이 되자 드디어 석대가 나를 보자고 하더군요. 학교 모퉁이를 돌아 산 밑으로 나를 데려갔습니다. 석대 똘마니들도 대여섯 명 따라 오더군요. 나는 맞을 각오가 아니라 아예 죽었구나! 라고 생각했죠. 어이없게도 석대는 아버지가 어제밤에 쓴 편지를 들고 있었습니다. 석대가 '어떻게 된 거냐?'고 나에게 물었습니다. 나는 너무 겁나고 쫄아서 아무 말도 못했습니다. 그런데 갑자기 석대가 악수를 청하는 게 아니겠어요? 나는 놀랐지만 얼떨결에 악수를 했죠. 석대가 앞으로 잘 지내보자고 하더군요. 그러자고 했는지 어쨌는지 나는 너무 당황했습니다. 지금 이 순간 맞지 않는다는 사실에 안도감이 더 컸습니다. 하여튼 그날 사건은 그렇게 잘 넘어갔습니다. 이렇게 학창 시절 나는 아웃사이더였고 그들의 고통을 알기에 나중에 선생님이 되면 철저하게 그들의 편에 서서 그들을 보호하리라 마음먹었습니다. 그러나 교직에 들어서서 과연 그런 아이들을 얼마나 가까이서 보살폈는지 자문해 봅니다. 아이들끼리 잘 아는 문제도 선생님은 잘 모르는 경우가 많습니다. 아이들 사이에서 일어나는 문제를 알아내어 사후 약방문식 처방이 아니라 미리미리 대처해 가는 것에 대한 선생님의 지혜가 요구됩니다. 어떤 문제가 일어나고 나서 처리하는 것은 미리미리 예방을 했을 때보다 열 배, 백 배는 더 교사들의 에너지를 소진시킵니다. 담임 역할이 미숙한 시절 우리 반에서 도난 사건이 발생했었습니다. 학교에서 도난 사건이 발생하면 처리가 쉽지 않습니다. 훔쳐 간 학생을 잡아도 문제고 못 잡아도 문제입니다. 완전 진퇴양난이죠. 그래서 이제 저는 학기 초 아이들에게 발자국 노트에 '도난을 방지하는 지혜'라는 제목으로 글을 쓰라고 합니다. 아이들 스스로 도난 사고를 사전에 방지하는 지혜를 생각해 보도록 하여 대처하게 하는 것이죠. 도난 사건이든 학교 폭력 사건이든 미리미리 예방하는 차원의 교육이 필요합니다.

석대를 다시 만난 건 초등학교 동창 모임에서였습니다. 삼십대 후반쯤이니 초등학교 졸업한 지 20년도 더 지났을 때였습니다. 희한한 건 석대 키가 저보다 훨씬 작은 거 아니겠어요? 아마도 석대는 초등학교 때 키가 다 자란 것이었나 봅니다. 나는 177cm로 키가 큰 편에 속했습니다. 우리는 2차로 노래방엘 갔었는데 내가 석대를 어깨동무하니까 내 겨드랑이 밑에 석대 목이 닿았습니다. 그렇게 우리는 옛날 일은 다 잊고 재미있게 놀았습니다. 석대는 재래시장에서 조그만 과일가게를 운영한다고 하였습니다.

제4장

역사를 바꾼 나의 칼럼들

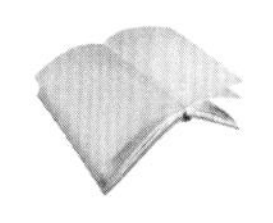

저는 오마이뉴스 칼럼니스트로 활동하고 있는데요. 지난 2007년 오마이뉴스에 송고한 기사가 채택되어 처음으로 시민기자 자격을 얻었습니다. 그 이후로 약 100편의 기사와 칼럼을 썼습니다. 그 첫발을 내디딘 첫 번째 칼럼입니다. 국어 선생님들이 이 칼럼을 가지고 수업을 하기도 했습니다.

폭력이 난무하는 세상
-그 쉼 없는 탈출을 위하여-

폭력은 고통이다. 폭력은 '무식의 소치'이다. 폭력을 단순하게 생각해서는 안 된다. 폭력에 대한 담론을 논한다.

첫째는 신체적 폭력이다. 법보다 주먹이 가까운 시절이 있었다. 지금도 조폭들의 세계에서는 주먹이 먼저다. 학교 폭력의 저학년화 현상은 신체적 폭력이 냉철한 이성보다는 비합리적 감정에 의존하는 사람들에게서 일어나는 현상임을 말해 준다. 요즈음 수준 낮은 대학의 신입생 신고식이 인터넷에서 화제다. 이들 세 부류의 공통점은 무식하다는 점이다. 무식한 사람은 법보다는 주먹이 가까운 법이다.

둘째는 언어폭력이다. 말 한마디로 천 냥 빚을 갚는다고 하였다. 한 번

뱉고 나면 주워 담을 수 없는 것이 말이다. 부모나 선생님으로서 아이들을 북돋우기는 어려워도 그 아이의 일생을 망치는 말은 쉽게 할 수 있다. "이 병신아, 이걸 점수라고 받아 왔냐?", "너는 안 돼!" 무심코 던진 돌팔매에 개구리가 즉사한다.

"너는 다른 아이에게서는 볼 수 없는 창의적인 가능성이 보여." 내가 담임을 할 때 한 학생에게 해 준 말이다. 그 학생은 그 말을 소재 삼아 글짓기를 하여 최우수상을 받았다. 격려 한마디, 칭찬 한마디가 그 사람의 인생을 바꿀 수 있다. 요즈음은 언론의 아니면 말고 식의 헤드라인 기사가 당사자들에게 치유할 수 없는 상처를 준다. 시선 끄는 기사 제목을 위해 한 사람의 인생쯤 망쳐도 상관없다는 식이다.

셋째는 성폭력이다. 성폭력은 남녀 불평등에서 출발한다. 여자를 성적 노리개로 보는 여성관을 가진 자들이 성폭력을 저지른다. 성폭력범의 70%가 지인이다. 여성 해방론 같은 어설픈 사회의 개방 분위기가 성폭력을 부추긴다. 청소년들은 인터넷 홍등가에 무차별적으로 노출되어 있다. 성인 남자들은 원조를 한다는 명목으로 거리 아이들의 성을 산다. 오늘 뉴스에는 한국의 청소년 성범죄율 증가가 미국의 2배, 일본의 10배라고 한다. 그야말로 성폭력의 시대인 것이다.

넷째는 국가 폭력이다. 지난 독재 시절 우리는 오싹하리만큼 어마어마한 국가의 폭력에 시달렸다. 그 국가의 폭력에 양심 하나로 항거하다가 죽임으로 내몰린 수많은 희생자들이 있다. 그들의 피를 먹고 오늘의 민주주의는 자란 것이다. 국가 앞에 개인은 항상 약자일 수밖에 없다. 우리가 개인의 자유를 그토록 소중히 해야 하는 이유가 여기에 있는 것이다.

요즈음은 여론을 등에 업은 공개 재판이 유행이다. 신 국가 폭력이다. 우리는 항상 획일주의를 경계해야 한다. '우~' 하고 몰려가는 비이성적 행위를 하지 말아야 한다. 국가는 우리를 보호해 주지만 우리가 방심하는 순간 국가의 폭력은 소리없이 우리 곁에 서성인다.

다섯째는 권위의 폭력이다. 〈완장〉이라는 드라마가 있었다. 완장을 채워 주니 그 권력의 달콤함에 빠져 사람들을 못살게 군다. 자발적인 교통정리 할아버지가 있었다. 경찰서에서는 너무 고마워서 그 할아버지에게 교통정리용 호루라기와 모자를 선물해 주었다. 다음 날부터 할아버지는 태도가 달라졌다. 교통 법규를 위반하는 사람들을 자신이 새끼줄로 만든 원안에 가두어 두었다. 권위를 가진 자들이 그 권위를 이용해 약자를 괴롭히는 폭력인 것이다.

우리 사회에는 곳곳에 권위가 널려 있다. 재벌과 상류층은 자신들의 권위를 이용해 소리 없이 폭력을 휘두른다. 권위가 합리적으로 사용될 때 사회는 건전하게 발전한다. 그러나 그 권위가 권위주의적으로 변하는 순간 폭력으로 변질되는 것이다.

여섯째는 무지의 폭력이다. 무식한 사람은 고집이 세다. 다른 사람의 의견이나 충고를 받아들이지 않는다. 대화를 나누다 보면 답답하다 못해

화병이 날 지경이다. 더욱이 무식한 사람을 상사로 모시는 경우 아랫사람들은 죽는다.

이황 선생님께서 말씀하셨다. 자신이 맡을 자리가 아닌데도 물러나지 않는 것은 부당하다. 우리 사회의 많은 문제는 능력 없는 자들이 무능력의 수준까지 승진하여 자리를 차지하고 있어서 발생한다.

일곱째는 사상의 폭력이다. 지난 세기 우리는 고통의 세월을 보냈다. 한마디로 잔혹한 현대사였다. 더욱이 우리 한민족은 사상으로 인한 질곡의 무덤 속을 지나왔다. 아직까지 우리 사회에는 레드 콤플렉스가 남아 있다. 다원화된 21세기를 살아가는 우리들의 부끄러운 자화상이 아닐 수 없다.

마지막 여덟째는 종교의 폭력이다. 종교는 관용의 정신을 가져야 한다. 종교가 보수화의 길을 걸으면 그것은 그 어떤 것보다도 더 도그마틱 해진다. 유일신을 강조하는 종교는 일정 부분 독단으로 흐를 가능성이 상존한다. 바로 이러한 점이 종교가 유념해야 할 점이다. 종교의 자유가 거꾸로 우리의 자유를 억압하는 폭력으로 나타나지 말아야 할 것이다.

고3 담임은 힘듭니다. 밤 11시까지 자율 학습 지도를 하고 집에 가서 씻고 자기 바쁘고 새벽에 일어나 학교에 나와 아이들 등교 지도, 지각 지도 그리고 수업 그리고 진학지도와 상담, 매일매일 이어지는 수많은 일들 속에 눈코 뜰 새 없이 바쁩니다. 3월에 시작하는 고3 담임들, 5월 초가 되면 배터리가 다 방전됩니다. 어떤 해에 저는 매일매일 12시에 퇴근하고 아침 일찍 출근하는 생활을 반복하다 보니 5월초에 목소리가 안나오더군요. 그래도 우리들에겐 아이들이 있기 때문에 지친 기색을 하면 안됩니다. 그러면 아이들은 더 힘들어 합니다. 지난 2008년 저에게는 충격적인 일이 일어났습니다. 같이 고3 담임을 하던 친구가 과로로 쓰러져 저 세상으로 갔습니다. 이때 저는 마치 제가 당해야 할 일을 친구가 당했다는 충격에 사로잡혀 아무 일도 할 수 없었습니다. 친구를 땅에 묻고 교무실로 돌아와 하늘나라로 간 친구에서 쓴 기사입니다. 포털사이트 다음 대문 첫머리에 게시되기도 했습니다.

고3 담임 8년 만에 하늘 나라로 간 친구에게
고 백○○ 선생에게 우표 없는 편지를 쓰다

백○○!

오늘 자네를 땅에 묻고 텅 빈 교무실에 들어와 이 글을 쓰네. 지금 당장이라도 앞자리에서 자네가 반갑게 인사를 할 것 같은 착각이 드는 건 아직

자네를 하늘나라로 보낸 사실을 믿고 싶지 않은 우리들의 마음일 거야.

그제 밤늦게 비보를 접하고 우리는 모두 충격에 빠졌었네. 아! 우리도 자네처럼 한순간에 비명횡사할 수 있구나! 하는 죽음에 대한 두려움과, 자네를 옆에서 더 도와주지 못했다는 자책감과, 한 번도 손사래 친 적 없이 묵묵히 자신의 일을 해 온 자네와의 이별에 대한 서글픔과, 해결되지 않는 대한민국의 입시 지옥의 문제에 대한 분노와, 당신이 남겨 두고 간 아내와 고2, 중1짜리 두 딸을 보는 슬픔과, 인문계 고등학교 고3 담임이 마치 전쟁터의 총알받이처럼 소모되는 현실을 향한 울부짖음과, 하여튼 말로 다 표현할 수 없는 만감이 교차하고 또 교차하였네.

그래도 어쩌겠나 자네는 이미 이 세상 사람이 아닌 걸. 비록 자네는 떠났을지언정 우리 교육의 암울한 현실은 그대로 존재할 것이고 그 짐을 우리는 또 지고 가야 하네. 자네 같은 일꾼이 없어져서 우리가 져야 할 짐의 무게가 더 크게 느껴지는 건 나만이 가지는 감정은 아닐 거야.

야! 이 바보야.

아무리 고3 담임이라고 해도 매일같이 밤 12시까지 남아 있는 건 당신의 몸과 당신을 바라보는 가족에게 큰 죄를 지어 온 거야. 자네가 고3 담임을 8년 하는 동안 자네의 귀여운 두 딸은 마치 아빠 없는 아이처럼 자라서 벌써 고등학생이 되어 있구만.

이제 자네 마누라와 두 딸은 어디에 의지를 하며 살아가야 하냐구. 자네가 그렇게 일찍 가는 바람에 교육 경력이 연금을 탈 수 있는 년수가 된 것도 아니고 이제 어쩌란 말이냐? 어떻게 그렇게 허망하게 갈 수가 있는 거냐고?

충북고에서 예성여고로 예성여고에서 청주여고로 청주여고에서 다시 충북고로 왜 그렇게 인문계 고등학교만 고집했나. 그러다 보니 황금의 중년 세월이 훌쩍 지나가 버리지 않았나.

중학교로 내려가 테니스도 좀 치면서 여유롭게 살지 그랬어. 당신이 좋아하는 낚시도 한 번 못 가 보고 토요일, 일요일도 없이 그렇게 살다 그렇게 가야 했나.

당신의 죽음 앞에 덩그러니 남겨진 우리. 이제 남아 있는 우리는 당신의 희생이 점수도 못 내는 희생타가 되지 않도록 풀리지 않는 실타래, 대한민국의 입시 지옥을 하나씩 하나씩 풀어나가도록 노력할테니 부디 당신은 하늘나라에 가서라도 좀 편하게 지내시길 바라네.

이천팔년 삼월 삼십일 우표 없는 편지를 쓰다.

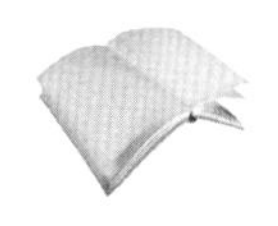

고3 담임을 하면서 우리나라 입시 현실에 대한 기사를 많이 썼는데요. 그중에 하나입니다. 수험생과 학부모의 호주머니를 털어 가는 대학들의 실태를 고발한 기사입니다. 15년 전 기사이지만 아직도 바뀐 건 없는 것 같아 안타깝습니다. 이제 수능 원서비를 비롯한 제반 비용을 국가에서 전액 부담해야 할 때가 된 것 같습니다.

수능 시험·수시·정시 원서비, 허리가 휩니다
[김재훈의 입시뉴스⑧] 정책적 차원에서 문제 풀어야

도대체 우리 수험생들의 부모들은 언제쯤 허리를 펴고 살까요?

초등 때부터 영어다 수학이다 이 학원 저 과외를 허덕이다가 고등학교를 마치면 휴~ 할 줄 알지만 이제부터 또 무지막지한 대학 등록금이 기다리고 있지요. 대학 등록금이 비싼 것이야 어제 오늘의 이야기는 아니지만 우리 부모들은 언제 노후를 위해 연금 들고 보험 드나요?

슬픈 대한민국의 현실입니다.

이러한 비용 이외에도 우리 수험생들을 슬프게 하는 것이 또 있습니다. 그것은 바로 과다 책정된 수능 시험료와 수시, 정시 원서 접수비입니다.

수능 시험료는 4만 7천 원으로 너무 비쌉니다. 55만 수험생이 4만 7000

원씩 내니 총 258억이 되는군요. 교육부는 이 돈으로 출제자 출제 수당, 인쇄비, 채점비, 감독 수당 등으로 충당하고 있지요. 수능 시험 보는 비용은 수요자 부담 원칙에서 빼 줘야 합니다. 수능은 이제 국가 시험이니 국가에서 부담해야 합니다. 이제 우리나라 재정도 이 정도 돈을 부담할 때가 되었다고 생각합니다.

그 외에도 너무 비싼 것이 또 있습니다. 바로 수시 원서비입니다. 대부분 사립대의 경우 7만 원을 받고 있습니다. 막상 수시는 이곳저곳 많이 응시하는데 그 비용 또한 만만치 않습니다. 더군다나 지방 학생들은 오가는 버스비에 점심값에 들어가는 비용이 너무 많습니다. 좋은 학생을 뽑기 위해 몸부림치는 대학들, 전형료의 절반은 부담해야 하지 않을까요?

적성 검사를 아십니까? 사지 선다형 대학 입학시험입니다. 서울의 많은 대학에서 실시합니다. 경기대, 광운대, 한성대, 가톨릭대, 아주대, 인하대, 한국항공대, 가천의과대, 경원대, 고려대 서창캠퍼스, 명지대 등에서 실시합니다.

갑자기 적성 검사를 말씀드리는 이유는 이 적성 검사를 준비하는 학생들이 약 10만 명 정도 되는데요. 이 학생들은 오로지 적성 검사 준비만 한 학생들이기 때문에 가능한 모든 대학에 원서를 냅니다. 따라서 각 대학당 경쟁률이 장난이 아닙니다. 50:1은 기본입니다. 구름처럼 이리 몰리고 저리 몰려가서 시험을 보니까요. 또 대학끼리 담합하여 최대한 날짜를 겹치지 않게 하지요.

당연히 대학측에서는 전형료 엄청 챙깁니다. 또 이 적성 검사는 컴퓨터로 채점하면 되니까 논술처럼 채점료가 들지도 않습니다. 제가 서울 모 대학을 분석해 보니 한 해 적성 검사를 치르면서 전형료로 약 20억을 벌어들이더군요. 가렴주구가 따로 없습니다.

금준 미주(金樽美酒)는 천인혈(千人血)이요(금동이의 좋은 술은 천 사람의 피요.)
옥반 가효(玉盤佳肴)는 만성고(萬姓膏)라(옥반 위의 맛나는 안주는 만백성의 기름이다.)
촉루 낙시(燭淚落時) 민루낙(民淚落)이요(초눈물 떨어질 때 백성 눈물 떨어지며)
가성 고처(歌聲高處) 원성고(怨聲高)라(노래 소리 높은 곳에 원망 소리는 하늘을 찌른다.)

새삼 이몽룡의 시가 생각나는군요.

제발 우리 사립대학들, 양심적으로 학생들을 대하시기 바랍니다. 전형료 장난, 등록금 장난으로 가난한 우리 서민의 자식들을 울리지 마세요.

다음 시간에 뵙겠습니다.

대학입시에서 수시가 도입된 지 30년이 다 되어 갑니다. 처음에는 특별전형이라는 이름으로 정시보다 앞서서 모집하는 신기한 제도가 생겨났었습니다. 그러다 2000년대 들어서 서울대를 필두로 수시 제도가 생겨나기 시작하면서 이제는 보편화된 제도가 되었습니다. 이 수시 제도는 고등학교 교육과정을 흔드는 아주 고약한 제도가 된 지 오래인데요. 특히나 고등학교 3학년 2학기는 버리는 학기나 마찬가지입니다. 왜냐하면 수시는 2학기 9월에 원서를 쓰기 때문에 3학년 1학기 내신까지만 들어가니 아이들이 2학기 교과목 공부를 거의 버리는 수준으로 합니다. 다음은 수시 제도의 문제점을 지적한 칼럼입니다. 지금의 수시 제도는 제가 쓴 방향으로 개선되어 운영되는 중이지만 아직도 문제가 많은 것은 사실입니다.

대입 제도 수시 전형 폐지론
[김재훈의 입시뉴스⑪] 너무 많은 모순 덩어리

수시를 찬양했었다. 학생들이 자신의 소질과 특성을 살려 대학을 갈 수 있는 좋은 제도였다. 그러나 오늘날 대학민국의 입시 중 수시 제도는 그 본질이 왜곡되어 심각한 부작용을 낳고 있다.

제도가 아무리 좋아도 시행 과정에서 수많은 문제점이 드러나 많은 사람들에게 고통과 좌절을 준다면 그 제도는 재검토되어야 마땅하다. 수시 제도의 개선 내지는 폐지를 요구하는 현장의 목소리가 크다. 현행 수시 제도의 개선 방향을 점검해 본다.

우선 수시 제도에서 수시 지원 횟수를 제한하는 방안을 검토해야 한다. '수시 폐인'이라는 말이 있다. 일 년 내내 수시에만 매달리다가 수시도 다 떨어지고, 당연히 정시로 가야하는데 수능 점수는 바닥을 기니 정시에서도 대학에 낙방하는 학생들이다. 현재 수시 1학기는 폐지되는 쪽으로 가닥을 잡았으니, 수시 2-1과 2-2에서 횟수를 제한하여 지원하게 하는 쪽으로 개선되어야 한다. 이렇게 함으로써 학생들에게 물적, 심적 부담을 덜어 주어야 한다.

두 번째는 한 대학 내에서 복수 지원을 금지시켜야 한다. 서울 소재 모 대학은 수시 2-1에서도 복수 지원을 허용하고, 수시 2-2에서도 복수 지원을 허용하여 총 4번을 지원할 수 있다. 이것은 순전히 대학 측에서 학생들 데리고 장난치는 것이나 다름 없다. 학생이나 학부모 입장에서야 합격이 문제이기 때문에 자신에게 유리한 전형이 면접형인지 논술형인지 정확히 따지기 어려우므로 이곳 저곳에 막 원서를 넣는 실정이다.

세 번째는 수시에도 추가 합격을 시켜야 한다. 현재의 제도는 복수 지원의 무제한 허용과 추가합격의 불허로 인하여 대학 측에서는 한 자리를 가지고 여러 번 써먹는 결과를 초래하고 있다. 그만큼 대학 측에 불로소득만 안겨 주는 꼴이다. 복수지원의 무제한 허용으로 합격하는 학생이 이 대학 저 대학 다 붙어 버리기 때문에 그 복수 합격 자리는 원서비만 챙기고 정시로 넘어가는 실정이다. 너무 웃기는 일 아닌가? 허수를 놓고 대학은 돈을 버는 꼴이다. 차순위 차차순위로 추가 합격을 시켜야 한다.

네 번째는 적성 검사 보는 대학의 문제이다. 적성 검사 보는 대학은 한

날 한시에 시험을 치르도록 해야 한다. 나아가 연차적으로 이 적성 검사는 폐지되어야 마땅하다. 도대체 대학 시험을 끝없는 반복의 찍기 연습으로 뽑는다는 것이 말이 되는가? 지금 수도권 고등학교에서 하위권에 속한 학생들은 학교 공부는 내팽개치고 매일 적성 검사 찍기만을 연습하고 있다. 적성 검사 중독자가 따로 없다. 이것은 그 학생들의 가치관에도 해로운 영향을 준다. 운 좋게 잘 찍으면 대학을 가니, 인생도 운 좋게 어찌하면 되겠지 하는 잘못된 생각을 심어 줄 것이다. 적성 검사는 당장 폐지되어야 한다.

다섯 번째는 대학교에서 받는 서류가 너무 많다. 각종 추천서 구비 서류 등 고3 담임들은 수시철만 되면 눈코 뜰 새 없이 바쁘다. 그리고 대학들이 행정 편의주의식으로 서류를 요구하고 있다. 제자들의 대학 입학 서류를 충실히 준비하려고 하는 것은 선생님들의 인지상정이다. 대학측에서는 이러한 담임들의 입장을 고려하여 서류를 요구하기 바란다. 그리고 서류 제출 기한을 우체국 소인 날짜로 하지 않고 몇 날 몇 시까지 도착하지 않으면 불합격 처리한다는 일부 대학들은 그야말로 횡포의 극치다.

결론적으로 이제 대학은 더 이상 고등학교의 행복 추구권을 침해해서는 안된다. 고등학교에 소속된 교사나 학생 그리고 학부모들도 행복을 추구할 권리가 있는 사람들이다. 마치 자신들의 입맛에 맞게 이리저리 요리할 수 있는 집단으로 생각해서는 곤란하다. 당신들이 행복을 추구하는 것처럼 우리들도 행복을 추구할 권리가 있는 것이다. 무슨 정책이나 제도를 만들 때 항상 자신들만 생각하지 말고 상대방에 대한 배려를 하기 바란다.

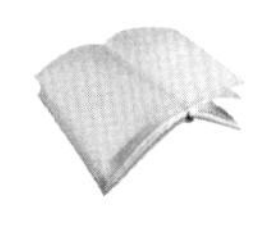

입학사정관제가 도입된 첫해에 쓴 기사입니다. 언덕 위의 산양이라는 말을 아시나요? 소위 대치동 엄마들은 아무리 거센 입시의 쓰나미가 몰려와도 언덕 위에서 그 쓰나미를 바라보는 산양처럼 미리미리 준비하고 있다는 의미입니다. 대한민국의 입시는 너무 복잡하여 정보 싸움이 된 지 오래입니다. 마치 소수 계층들이 헤게모니를 잡고 제도를 이리 흔들고 저리 흔드는 꼴입니다. 대한민국 대입제도는 전 국민이 알만하면 바뀝니다.

'투명성' 보장돼야 입학사정관제 산다
[김재훈의 입시뉴스] 유행이 돼 버린, '입학사정관 전형'

2010년 입시의 초특급 화두는 단연 '대학 입학사정관 전형(입학사정관제)'이다.

150명을 무시험 전형으로 뽑겠다는 카이스트와 정시를 아예 없애고 입학생 300명 전원을 대학 입학사정관 전형으로 선발한다는 포스텍의 발표로 촉발된 입학사정관제가 올해 입시의 유행이 되어버렸다.

많은 대학이 너도나도 총 모집 인원의 20% 내외를 이 전형으로 선발하겠다고 발표하고 있을 정도이다. 여기에 교육과학기술부가 대학의 입학사정관제 적용 의지를 참고해 예산을 지원하겠다고 발표하면서, 입학사정관제 바람은 더욱 거세질 전망이다.

일단, 입학사정관제의 기본 취지는 긍정적으로 해석할 수 있다. 오로지 성적만을 강요하는 현재 입시 풍토에서 다양한 방법으로 학생을 선발한다는 것이기 때문이다. 입학사정관제를 잘만 활용한다면 많은 학생들에게 다양한 기회를 줌과 동시에, 천정부지로 치솟고 있는 사교육비를 절감할 수도 있다.

하지만 문제도 있다. 체계적인 준비 없이 모집 인원만 확대하거나 투명성에 대한 신뢰를 얻지 못한다면 학부모와 학생들의 불만은 커질 것이다. 이런 문제들이 모이고 모이면, 자칫 좋은 취지로 시작한 입학사정관제는 총체적 위기를 맞을 수도 있다.

-입학사정관제 전형 요소로 사용될 수 있는 것들

입학사정관제에서 가장 중요한 것은 그 전형의 가이드라인이다. 이미 많은 언론을 통해 지적된 것과 같이, 대다수의 대학들은 '무엇을 가지고 어떻게 뽑'을 것인지를 구체적으로 밝히지 않고 있다. 때문에 일선 진로 담당 교사들과 학생들은 혼란스럽다. 그래서, 입학사정관제의 전형 요소로 사용될 수 있는 것들을 몇 가지 추려 봤다.

1. 내신에서 특별히 잘하는 과목이 무엇인가?

영어만 잘하는 학생, 수학만 잘하는 학생, 과학만 잘하는 학생, 미술만 잘하는 학생, 제2 외국어만 잘하는 학생, 역사를 잘하는 학생 등등.

2. 수능 성적 중에서 어느 영역 점수가 높은가?

수시에서는 3월 서울시교육청, 4월 경기도 교육청, 6월 모의 수능, 7월 인천시 교육청, 9월 모의 수능, 10월 서울시교육청 시험의 성적표가 필요할 수도 있으니 복사해서 보관.

3. 기타 영어나 제2 외국어 관련 공인 점수

토익이나 텝스 등 자신의 영어 성적 공인 점수 또는 제2 외국어 공인 점수 등.

4. 비교과 영역에서 무엇을 잘하고 열심히 하였는가?

봉사 활동의 진정성, 교내 봉사 활동도 형식적 기록이 아닌 진정성이 나타나야 함(생활 기록부에 안 나타나면 사진으로라도 찍어라.), 해외 봉사 활동 경험, 교내 동아리 활동 경험, 학생회 간부 경험, 교외 동아리 활동 경험, 각종 경시대회 참여 경험, 토론대회 논술대회 참여 및 입상, 헌혈은 했는가? 또래상담원으로 활동 경험, 심지어 조기 축구나 마라톤 경기 참여 경험도 자료로 활용 가능.

5. 각종 시상 및 표창

학력상, 선행상, 효행상, 봉사상, 대외 수상, 파라미타, 청소년 연맹, 보이스카웃, 걸스카웃, 청소년 적십자, 또한 장학 증서도 중요한 전형 자료임. 용감한 시민상 등 특별한 수상 경력이 합격의 키를 쥘 수도 있다.

6. 기타 방송 출연이나 퀴즈대회

신문 기사에 자신의 기사가 언급되거나 방송에 출연한 경험, 노래자랑

대회, 장학퀴즈대회를 비롯한 각종 퀴즈대회 수상 경력. 매체 기고글, 평소 생활 모습 등 보여 줄 수 있는 것은 모두.

7. 시사에 관심이 많음을 증명할 수 있는 자료들

경제 문제, 통일 문제, 국제 문제, 복지 문제, 사회 정의 문제, 교육 문제, 사이버 윤리 문제, 외국인 노동자 문제, 인간 복제 문제, 학교 폭력 문제, 환경 오염 문제, 공정 무역 문제, 문화상대주의 문제, 스포츠 및 스포츠 마케팅 문제, 지적재산권 문제, 장애인 문제, 부동산 투기 문제, 상대적 빈곤의 문제, 농어촌 문제, 종교 문제 등에 대한 식견을 가진 학생 및 이를 증빙하는 자료들.

8. 각종 매체에 기고한 글

인터넷 토론 게시판이나 신문 등에 기고한 글, 학교 교지에 게재한 글, 어버이날 부모님에게 쓴 편지, 스승의 날 선생님께 쓴 편지, 자신의 개인기나 자랑거리를 보여 주는 사진이나 동영상 UCC, 학교 축제 때 활동한 사진이나 동영상.

9. 평소 생활 모습을 증명할 수 있는 자료들

자신의 기본 생활 습관이 담긴 담임 선생님의 교무 수첩이나 이를 증빙하는 자료, 예를 들어 우리 반 지각생 현황표나 우리반의 생활 모습에 담긴 자신의 기록 등등.

10. 교우 관계를 증명할 수 있는 자료들

학급에서 좋은 교우 관계임을 나타내 주는 각종 자료들, 친구들의 편지(공개된 편지-예를 들어 교지에 우리 반의 자랑이라는 글이 들어 있는데 그 당시 내가 실장을 하였다.- 등등).

11. 기타 다양한 경험

기타 창업의 경험, 인터넷 쇼핑몰 운영 경험, 온라인 카페 운영자 경험 등 자신의 다양한 경험들.

이러한 수많은 가이드 라인 중에서 어느 것을 선택하여 어떤 가중치를 주어 심사할 것인가를 정하는 것이 입학사정관의 역할이다. 그만큼 입시 선발의 과정에 투명성이 보장되어야 할 것이다.

또 기존 수시 전형과는 다르게 입학사정관제는 현장 실사 등도 포함되므로 각 대학은 입학사정관의 수를 대폭 늘려야 할 것이다. 외국 경우처럼 입학선발시기에 한시적으로 운영하는 자율입학사정관을 확대 시행하는 방법도 생각해 봐야 한다.

대한민국에서 고3 이라는 단어는 새로운 의미로 다가옵니다. 학부모들도 자녀가 고3이면 아빠들은 술도 끊고 일찍 귀가하여 집안 분위기를 고3 자녀에게 맞춥니다. 상전이 따로 없지요. 누구나 한 번은 지나가야 하는 고3, 우리 아이들이 꼭 알아두어야 할 것을 기사화하였습니다.

고3을 시작하는 너희들에게
[김재훈의 입시뉴스] 고3 첫 입시 설명회

인생길에 누구나 한 번은 맞닥뜨리는 고3! 더군다나 대한민국이라는 땅덩어리 안에서 만나는 고3이 가지는 의미는 남다르다. 치열한 생존 경쟁의 결정판이라고 할 수 있는 고3을 맞이하는 너희들에게 함께 '살며 가르치며 배우는' 선생님이 몇 마디 제언을 하고 싶다. 너희들의 성공을 위해서 말야.

고3 생활은 삼각형 그리기이다. 고3이면 누구나 1년 동안 삼각형을 그리게 되는데 각자가 가진 삼각형의 면적이 바로 너희들의 수능 점수에 해당한다. 그런데 이 삼각형은 세 변이 모두 같은 정삼각형일 때 면적이 가장 넓다. 두 변이 아무리 길더라도 나머지 한 변이 짧다면 그 면적은 보잘것이 없다.

선생님! 갑자기 웬 삼각형이야기에요? 무슨 말이냐 하면, 너희들의 1년

중 3월, 4월, 5월이 한 변이고, 6월, 7월, 8월이 한 변이고, 나머지 9월, 10월, 11월이 한 변이다. 즉, 마라톤 선수처럼 꾸준히 페이스를 유지하면서 공부를 해야 반듯한 정삼각형을 만들 수 있는 것이다.

가장 문제가 되는 변은 두 번째 6, 7, 8월이다. 3, 4, 5월은 초심을 갖고 나름대로 모두 모두 열심히 한다. 그러나 6월쯤 되면 잘 오르지 않는 모의고사 성적과 더워지는 날씨 등으로 인하여 서서히 슬럼프가 찾아온다. 고3 수험 생활 중 가장 위험한 순간이다.

더군다나 6월 초에는 전국 단위의 모의 수능을 보기 때문에 전체 55만 수험생 중에 자신의 위치를 알고 더욱 초라해지기도 하는 것이다. 그러나 모의 수능은 그야말로 모의이다. 최종 종착역인 수능에서 최고의 점수를 맞겠다는 필승의 각오로 자신을 다잡을 필요가 있는 시기이다. 고3 수험 생활의 허리에 해당하는 이 시기를 어떻게 보내느냐에 따라 수험 생활의 성패가 달려 있다.

그렇게 중요한 허리에 해당하는 6, 7, 8월을 보내면 8월 말에 수능 원서를 쓰고 9월 초에 두 번째 모의 수능을 본다. 두 번째 꼭지점을 도는 시기이다. 이제 이때부터는 날씨도 선선해지고 수능도 얼마 남지 않아서 정신이 번쩍드는데 지난 여름에 공부를 착실하게 해 놓지 않은 학생들은 그야말로 어떤 것을 먼저 해야 할지 허둥대며 하루하루를 보내게 된다.

또한 이때부터 2학기 수시 원서 접수가 시작되는데, 수시를 쓰든 안 쓰든 자칫하면 붕뜬 분위기에서 공부에 집중을 못할 수 있으니 절대로 수시에 대한 기대나 행운을 버리고 착실하게 수능 준비를 해 나가야 한다.

수시 원서를 잔뜩 집어넣고 뭐 어떻게 되겠지 하는 순간 공든탑이 무너진다는 사실을 명심해야 한다. 수시 달력을 만들어 계획성 있게 대응하기 바란다. 그리고 수시 대부분이 2등급 2개의 최저 학력 기준을 요구하기 때문에 수시도 결국은 수능 점수가 뒷받침이 되어야 성공할 수 있다는 사실을 꼭 명심해야 한다.

수험생이면 누구나 올해 한 번 공부를 진짜로 열심히 해 보겠다는 마음의 각오를 다진다. 그러나 하루, 이틀, 한 달, 두 달 지나면서 처음의 그 대단한 각오는 모닥불에 비가 내리듯이 사그러든다.

이는 마치 고목나무에 모든 수험생들이 매달려 있는데 서서히 고목나무가 흔들리면서 떨어져 나가는 모습과 흡사하다. 고목나무는 점점 더 세게 흔들리고 더욱 많은 수험생들이 떨어져 나간다. 젖먹던 힘까지 다 쏟아부어 끝까지 붙어 있는 수험생들이 최후의 승리자인 것이다.

자! 준비됐나? 자신을 믿고 끝까지 매진하여 11월 13일 대수능을 정복하고 목놓아 울어라!

저는 사실 글을 잘 못쓰는 편이었습니다. 그런데 오마이뉴스 시민기자가 된 이후 기사를 쓰면서 조금씩 글쓰는 실력이 는 것 같습니다. 그래서 저는 학생들에게 이렇게 말합니다. 하루에 열 줄 이상 글쓰기를 생활화하라고요. 글이란 것이 자꾸 쓰다 보면 늘고 그러다 보면 작가도 될 수 있는 거지요. 저는 가끔 세상의 흐름을 되돌아보며 칼럼을 쓰기도 했는데요 그중에 읽어 볼만한 것들을 가져와 봤습니다.

패스트푸드적 사고에서 슬로우푸드적 사고로
[김재훈의 철학 칼럼] 우리는 무엇을 위해 사는가

느림의 미학이 대세이다. 패스트푸드는 사라지고 슬로푸드 시대가 오고 있다. 삶의 객관적 지표보다는 주관적 지표를 중시하는 시대가 오고 있다.

좋은 차 좋은 집 좋은 직장보다는 내 삶을 내 스스로 어떻게 꾸려 가는가가 중요하다. 삶의 양이 아니라 질이다. 창의성은 느림과 여유 속에서 나온다.

느림의 생각 속에 아이디어가 탄생하고 그 아이디어를 곱씹을 줄 아는 사람만이 창의적이 될 수 있다. 앞만 보고 달려가는 사람에게 창의성은 거리가 멀다. 그런데 우리는 아이들을 어떻게 키우고 있는가?

경쟁과 암기, 주입식 교육, 문제 풀이식 교육, 한 줄 세우기 교육, 대학입시, 경시대회, 토익, 토플 등등 생각만 해도 머리가 지끈지끈하다. 도대체 우리는 언제부터 이렇게 되었는가?

우리의 미래인 아이들에게 왜 이런 1등만을 기억하는 세상을 가르쳐 왔는가? 초등학생의 책가방 속에 문제집만 잔뜩 있다면 그 아이의 미래는 어떠할까? 초등학교부터 이어지는 대학입시를 목표로 한 공부, 또 대학생이 되어서는 취업을 하기 위한 스펙 쌓기 공부 모두가 패스트푸드적인 삶의 연속이다.

감동이 있는 삶으로 돌아가야 한다. 주위를 돌아보는 삶으로 돌아가야 한다. 배려와 양보를 아는 삶으로 돌아가야 한다. 초등학교 과학 시간에 하는 자그마한 실험 속에서 우리는 꼬마 과학자를 키워 나가야 한다. 가슴이 뭉클한 글 한 줄을 쓸 줄 아는 아이를 만들어야 한다. 할아버지, 할머니의 손을 만지며 그 거침을 가슴으로 찐하게 느끼는 아이로 키워야 한다. 교실 한구석에 웅크리고 앉아 있는 친구에게 다가가 손을 먼저 내미는 아이로 키워야 한다.

"생각, 생각, 생각, 생각…."이라는 광고 문구도 있지만 창의성은 저 멀리 보이는 목표로서가 아니라 우리 주위에서 시작하고 발견하는 것이다. 아주 먼 옛날 창의성은 신의 영역이었다. 신이 세상을 천지창조하였다. 인간이 창조의 영역에 손을 댄다는 것은 신을 모욕하는 것이었다. 그러던 것이 르네상스를 거치면서 창의성의 시대가 폭발했다. 그러나 이때의 창의성은 천재들의 전유물이었다. 그러한 천재들이 현대를 만들어 냈다.

그러나 오늘날은 바야흐로 창의성의 일반화 시대이다. 누구나 창의적이 될 수 있고, 꼭 되어야만 하는 시대이다. 또 21세기는 다원화 세상이

다. 획일화가 아닌 다양화를 추구하는 세상인 것이다. 한 천재의 창의성이 근대와 현대의 역사를 이끌어 왔다면 이제 우리는 수많은 창의적인 생각들을 뭉쳐 세상을 만들어 가야 한다.

세상은 이렇게 바뀌어 가는데 획일화된 패스트푸드적인 생각으로 살아가는 사람은 불행하다. 그래서 고려대 김예슬 학생의 울부짖음은 오히려 따뜻하다. 도대체 내가 왜 이런 식으로 살아야 하는지도 생각해 보지 않는 식의 삶은 화석화된 삶이다. 화석화된 삶 속에서 창의성이란 설 땅이 없다.

창(創)이라는 한자는 곳간을 도끼로 내려친다는 의미를 담고 있다. 그래서 변화는 아프다. 우리의 두뇌는 우물과 같다. 그 속에 들은 썩은 지식을 송두리째 퍼내면 맑아진다. 그러나 그 지식들을 애지중지하고 감싸안고 있으면 그대로 말라 버린다. 기존 지식은 자신의 존재와 관련이 있다. 그래서 그 지식을 더욱더 애지중지하는 것이다. 그러나 자신의 존재가 붕괴되는 아픔을 겪을지라도 기존 곳간을 과감하게 도끼로 내려쳐 송두리째 퍼내면 그 속에 도(道)가 모인다. 그게 창의성의 출발이다.

철학 교수직을 그만두고 변산반도에서 농사를 짓는 한 철학자는 조용한 혁명의 선구자이다.

교사로서의 삶에는 기승전결이 있습니다. 기는 교과 연구, 승은 생활 지도, 전은 진학 지도, 그리고 결은 행정 업무 처리입니다. 이 기승전결을 잘하는 교사가 되어야 행복한 교사라고 할 수 있습니다. 그중에서 단연 1등은 기(起)인 교과 연구입니다. 대한민국의 1타 강사가 되겠다는 마음가짐으로 나의 교과를 연구하고 또 연구해야 합니다. 요즘에는 고교학점제라 선생님들이 가르쳐야 하는 과목이 더 많아졌습니다. 그래도 초보가 초보를 가르친다는 소리를 듣지 않으려면 연구하고 또 연구하는 교사가 되어야 할 것입니다. 저는 윤리와 사상을 가르치면서 철학자들을 많이 연구하게 되었는데요. 아이들이 어려워하는 내용들을 알기 쉽게 가르치는 것 또한 우리 교사에게 주어진 과제이기도 합니다.

알을 깨고 나온 철학자들 이야기
[김재훈의 논술교실] 사교육 없이 논술 해결하기

알을 깨고 태어나다니? 박혁거세 이야기인가? 그렇지 않다. 새는 알을 깨는 고통을 겪지 않으면 새가 되어 날 수 없다. 인류 역사를 되돌아보았을 때 우리가 존경하는 철학자 중에는 그 시대의 모든 틀을 깨 버린 사람들이 많이 있다. 용기 있는 삶을 살다간 철학자들의 지혜를 배워 보자.

소크라테스는 소피스트가 판을 치던 아테네에서 '너 자신을 알라.'라는 말을 외치며 소피스트들의 헤게모니에 도전한 사람이다. 출세를 위해서는 대중 앞에서 그들을 홀리는 연설을 잘해야 성공할 수 있는 당시에 소피스트들은 이러한 방법을 돈을 받고 가르치는 교사들이었다. 그러나 그들에게 교육을 받고 대중 앞에서 유창하게 연설하던 사람들 모두 소크라테스의 몇 가지 질문에 여지없이 무너지고 만다.

이러한 도전은 소피스트들과의 토론에서도 이어진다. 위기의식을 느낀 소피스트들은 소크라테스를 누명 씌워 법정에 세우게 된다. 치열한 법정 공방 끝에 결국 사형 선고가 내려진다. 사형 집행을 기다리는 분노의 소크라테스! 그에게 탈옥 후 외국행을 권유하는 제자도 있었지만 그것은 오히려 소피스트들이 바라는 바 소크라테스는 그럴 리 없다. 소피스트들에게 본때를 보여 주기 위해 '악법도 법이다.'를 외치며 사약 독미나리즙을 받아 마셨다.

에피쿠로스는 누구인가? 쾌락주의자인가? 쾌락주의자라면 부정적인 이미지를 가지고 있지는 않은가? 당시는 헬레니즘 시대로 이전의 폴리스가 무너지고 사람들은 지금까지 경험하지 못했던 불안한 생활의 연속이었다. 그래서 중요한 건 마음의 안정이었다. 마음의 안정을 위해서는 만족을 알아야 한다. 그래서 열 번 찍어 안 넘어가는 식의 삶이 아니라 못 오를 나무는 쳐다보지도 않는 식의 삶을 살 것을 역설한 사람이 에피쿠로스이다. 빵과 물만으로도 행복했던 사람, 오두막을 지어 놓고 전원생활을 하며 행복을 추구한 사람 에피쿠로스! 인간 욕망의 끝없음을 알고 그것을 사전에 잘라 버리지 않으면 결코 행복할 수 없다고 역설한 에피쿠로스의 삶 속에서 무소유의 지혜를 배운다.

신 중심의 세상이 천년 간 이어지던 중세 말기에 살았던 데카르트, 그는 이 세상의 모든 것을 의심하였다. 내 눈앞에 보이는 너는 사람이냐?

1+1=2가 맞더냐? 너는 신기루일 수 있고, 1+1=2는 악마가 우리를 속이는 것일 수도 있다. 그러면 도대체 확실한 것은 무엇인가? 그러던 데카르트가 어느 날 무릎을 탁 치면서 깨우친 것은? 너가 사람인지 아닌지보다 더 확실한 것은 그렇게 '의심하는 나'의 존재가 먼저라는 사실, 악마가 우리를 속인다면 '속고 있는 나'가 있어야 한다는 사실을 말이다. 그래서 절대로 의심할 수 없는 '나는 생각한다. 고로 나는 존재한다.'라는 진리를 발견하게 되었고, 이것이 신 중심의 세상에서 인간 중심의 세상으로 옮겨 오는 신호탄이 된 것이다.

'내일 지구의 종말이 온다고 할지라도 나는 오늘 한 그루의 사과나무를 심겠다.' 도대체 무슨 의미를 지닌 말일까? 유대인으로 태어나 유대교의 유일신 사상이 싫어서 유대교를 버린 사람, 그래서 '영원히 저주받을 지어다.'라며 유대인 사회에서 파문시킨 사람, 평생을 떠돌이 신세로 살면서 자신의 철학을 연구한 다락방의 합리론자, 이 세상에 존재하는 모든 것은 풀 한 포기 나무 한 그루일지라도 모두 신적인 존재라고 생각한 범신론자, 그래서 우리의 냉철한 이성으로 이 범신론적인 우주 자연을 제대로 이해하기만 하면 우리는 마음의 평안과 행복을 얻을 수 있다고 한 사람, 교수로 임용하겠다는 제의와 거액을 기부할 테니 편안하게 연구만 하라는 제의를 모두 거부하고 오로지 자신의 길을 간 사람, 스피노자. 헤겔은 스피노자의 삶에 감동을 받아 너희들이 철학자의 길을 가려면 스피노자를 본받으라고 하였다.

1789년의 프랑스 대혁명은 사람들에게 장밋빛 환상을 가져다주었다. 억압과 구속의 절대 왕정으로부터 벗어나 이제 자유를 만끽하는 세상이 열릴 것이라고 생각했다. 이러한 생각에 사상적 기틀을 마련해 준 사람이 헤겔이다. 헤겔은 인간의 자유를 누리기 위해서는 공동체가 필요하다고 하였는데 그 최고의 공동체는 바로 국가라고 생각하였다. 헤겔의 이러한 철학에 수많은 사람들이 매료되어 당시 헤겔은 유럽의 영웅이었다. 그러나 헤겔이 베를린 대학 정교수일때 초임 교수였던 쇼펜하우어란 사람이 있었다.

그는 헤겔을 절대적으로 싫어했다. 헤겔의 허풍에 수많은 사람들이 속고 있다고 생각했다. 세상은 장밋빛이 아니라 고통이라고 생각했다. 우리들이 가진 맹목적인 욕망으로 인해 고통 속에서 살 수밖에 없는 존재라고 쇼펜하우어는 역설했다. 그러나 누구도 그에게 주목하는 사람은 없었다. 사람들은 오로지 헤겔의 장밋빛 환상만을 좋아했고, 또 그렇게 역사는 전개되리라고 믿었다. 그러나 삶이 고통이라는 것을 깨닫는 데는 오래가지 않았다. 1831년 헤겔도 죽고 장밋빛 미래는 펼쳐지지 않고 예전과 달라진 것은 없었다. 이제 서서히 쇼펜하우어의 철학이 주목을 받기 시작했다. 이성 중심의 철학이 가장 화려했던 헤겔 시대에 반이성을 외친 쇼펜하우어의 생철학! 바로 현대 철학을 여는 문이 되었다.

막내아들로 태어난 키르케고르는 아버지의 사랑을 많이 받으며 자랐다. 아버지는 항상 그에게 많은 이야기를 들려주곤 하였는데, 이는 키르케고르가 정신적으로 성숙하는데 많은 도움을 주었다. 고등학생이 된 키르케고르에게 아버지는 그동안 마음속에 담아 둔 비밀을 털어놓는다. 키르케고르의 엄마는 세 번째 엄마였는데, 사실은 우리 집의 하녀였었고 아버지가 임신을 시켜서 결혼했다는 이야기와 아버지가 어렸을 때 목동을 하면서 너무 배가 고파 하늘에 대고 신을 모독한 일이 있었다는 비밀. 충격에 휩싸인 키르케고르는 자신의 생존에 위협을 느꼈다. 왜냐하면 우리

가족에게 일어나고 있는 불행이 자신에게도 닥쳐서 언젠가는 자신도 죽을 것이라고 생각했다. 그리고는 방탕한 생활의 연속.

그렇게 몇 년을 헤매다가 일곱 살이 적은 운명의 여인 레기나 올젠을 만나 너무도 사랑하게 되고 계속되는 구애 속에 약혼에 이르게 되지만 곧바로 키르케고르는 고민에 빠진다. 나같이 더러운 놈이 천사 같은 올젠을 행복하게 해 줄 수 있을까? 결국 그는 일주일 만에 파혼을 선언한다. 너무너무 사랑하기 때문에. 그 이후로 키르케고르는 수없이 괴로웠지만 그 열정을 집필에 쏟았고 모든 저작을 그녀에게 바쳤다. 10여 년의 집필 활동을 접고 한적한 시골 생활을 하고 싶어 낙향하려고 하였으나 한 신문이 그를 비난하는 것을 참을 수 없어 수없이 글로써 싸워 나간다. 그러다 심신이 지친 그는 44세의 짧은 나이에 객사하였다.

그로부터 50년 후 유럽에는 실존주의의 르네상스가 불어왔다. 그러나 이때까지만 해도 키르케고르의 존재는 알려지지 않았다. 그러던 어느 날 사람들의 뇌리 속에 현재 우리가 추구하는 실존주의가 한 50년 전에 덴마크의 한 시골 청년의 삶의 모습이 아닌가 하여 그의 저작물을 찾아보니 아! 바로 그가 실존주의의 선구자였던 것이다. 키르케고르는 말한다. 우리는 모두 신 앞에 내던져진 존재이니 신에게 의지하지 말고 스스로 주체적 결단을 내리면서 살아가야 한다 라고.

실존주의의 르네상스를 가져온 니체는 어떤 삶을 살았을까? 천재 소년 니체는 대학에 들어가자마자 아~ 나도 이제 좀 남자답게 살아보자~ 하면서 프랑코니아라는 사교 클럽에 가입하여 술도 먹고 담배도 피우면서 나름의 타락 생활을 하였다. 그렇게 몇 년간의 타락 속에서 어느 날 헌책방에 들른 니체의 눈에 띈 운명의 책 한 권이 있었으니 그것은 바로 쇼펜하우어의 『의지와 표상으로서의 세계』였다. 니체는 당장 그 책을 사 들고 와 일주일 동안 열 번도 더 읽었다. 이후 니체는 실존주의를 본격적으로 연구하여 26살의 이른 나이에 대학교수가 되었다.

젊어서의 타락한 생활 때문이지 그의 건강은 계속해서 그를 괴롭혔다. 안 아플 때는 미친 듯이 글을 쓰다가 심신이 지쳐버리면 알프스 등지로 몇 년간 요양 생활을 떠났다. 그러는 와중에 자신의 이상형 루 살로메를 만나 청혼하지만 거절당하고 자살 기도 등등 지독한 삶을 살아간다. 40세가 되자 니체는 더 이상 정상인이 아니었다. 그가 정신병자가 될 무렵 그의 명성은 유럽을 지나 전 세계로 퍼져 나갔다. 현대 철학의 화두는 실존주의이다. 신이나, 이데올로기나, 국가보다, 민족보다 중요한 것은 자신의 실존이다. 그래서 니체는 외쳤다. '신은 죽었다.' 라고.

어느 날 대학교 논술 문제를 보다가 아~ 이걸 하나씩 풀어서 오마이뉴스에 올리면 많은 수험생들에게 도움이 되겠다라는 생각이 들어서 그날부터 통근하는 기차 안에서 매일매일 논술 문제를 들고 생각하고 또 생각했습니다. 그리고 하나씩 기사화해 나갔죠. 그렇게 만든 논술 칼럼이 16편입니다. 구글에서 김재훈 기자를 검색하면 16편의 논술 칼럼을 만나실 수 있습니다. 다음은 그중 하나입니다.

수학 싫어 문과 갔는데 논술에서 수학이 나오다니!
[김재훈의 논술 교실] 야! 이건 수학이 아녀… 잘 살펴보아라

논술 시험지를 받아든 수험생들의 공통적인 반응 중 하나는 논술 시험지에 그래프나 도표나 수식 등이 나오면 지레 겁을 먹는다는 것이다. 문과 아이들은 아무래도 이과 아이들보다 수학을 싫어하기 때문에 수학 공식 어쩌구 하면 자포자기하게 된다. 그러나 수험생 여러분! 논술 문제에서 나오는 그래프나 도표나 수식은 고난도의 수학이 아니다. 당황하지 말고 꼼꼼히 살펴보면 오히려 뜬구름 잡는 식의 다른 논술 문제보다 더 쉬우니 잘 적응해 보자. 오늘의 문제를 풀어 보자.

[제시문]

다음 세 가지 요인이 개인의 후생 수준을 결정하는 경우를 고려하자.

첫째는 개인적 배경의 차이에서 오는 '배경 자원'의 수준(X)이고, 둘째는 정부로부터 배분되는 '복지 자원'의 수준(Y)이며, 셋째는 개인의 '노력 수준'(Z)이다. 최종적인 후생 수준(U)은 배경 자원과 복지 자원의 합에 노력 수준을 곱한 값이라고 하자. 즉,

U=(X+Y)Z

한 국가의 국민이 다음과 같이 구성되어 있다고 가정하자.

배경 자원이 1이고 노력 수준이 1인 사람들이 25%(집단 1)
배경 자원이 1이고 노력 수준이 3인 사람들이 25%(집단 2)
배경 자원이 3이고 노력 수준이 1인 사람들이 25%(집단 3)
배경 자원이 3이고 노력 수준이 3인 사람들이 25%(집단 4)

또한 정부는 개개인의 배경 자원과 노력 수준을 고려하여 복지 자원을 배분할 수 있고, 이렇게 배분될 총 복지 자원의 크기는 고정되어 있으며, 만약 정부가 복지 자원을 모든 국민들에게 균등하게 배분한다면 국민 1인당 4의 복지 자원을 받게 된다고 가정하자.

배경 자원은 개인이 선택할 수 없는 것이고 제시문 (3)의 '비선택적 운'에 해당한다. 공평성의 관점에서는 이러한 비선택적 운으로 인한 후생 격차를 없앨 것을 요구하지만, 노력 수준과 같이 개인이 선택한 결과로 발생하는 후생 격차의 교정을 요구하지는 않는다. 한편, 공리주의적 관점

에서는 복지 자원의 배분을 통하여 모든 국민의 후생 수준의 총합을 높일 것을 요구한다.

[문제]

Ⅲ. (5)에서 정부가 취할 분배 정책과 관련하여 아래의 세 제안이 있을 수 있다.

제안 A: 개인이 사용할 배경 자원과 복지 자원의 합(U)이 사람들 사이에 균등하게 되도록 복지 자원이 배분되어야 한다.

제안 B: 노력 수준이 같은 사람들 사이에 배경 자원의 차이로 인한 후생 격차가 발생하지 않도록 하되, 노력 수준이 다른 사람들 사이에 후생 격차가 극대화되도록 복지 자원이 배분되어야 한다.

제안 C: 모든 국민의 후생 수준의 총합이 극대화되도록 복지자원이 배분되어야 한다.

각 제안하에서 집단별로 1인당 배분될 복지 자원의 크기를 구하고, (5)에 나타난 공평성의 관점과 공리주의적 관점에서 세 제안을 비교하시오. (30점)

〈풀이 과정〉

U=(X+Y)Z

즉, 최종적인 후생 수준 = (개인 배경 자원+정부 복지 자원)노력 수준

그런데…

배경 자원이 1이고 노력 수준이 1인 사람들이 25%(집단 1)

배경 자원이 1이고 노력 수준이 3인 사람들이 25%(집단 2)

배경 자원이 3이고 노력 수준이 1인 사람들이 25%(집단 3)

배경 자원이 3이고 노력 수준이 3인 사람들이 25%(집단 4)

이라고 하였다. 이들에게 닉네임을 부여하자.

배경 자원이 1이고 노력 수준이 1인 사람들이 25%(집단 1) - 찌질이

배경 자원이 1이고 노력 수준이 3인 사람들이 25%(집단 2) - 노력파

배경 자원이 3이고 노력 수준이 1인 사람들이 25%(집단 3) - 마마보이

배경 자원이 3이고 노력 수준이 3인 사람들이 25%(집단 4) - 황태자

여기서 문제를 분석해 보면

Ⅲ. (5)에서 정부가 취할 분배 정책과 관련하여 아래의 세 제안이 있을 수 있다.

제안 A: 개인이 사용할 배경 자원과 복지 자원의 합(U)이 사람들 사이에 균등하게 되도록 복지 자원이 배분되어야 한다. (즉, 이 말은 없는 사람 더 주고 많은 사람 더 걷자는 말이다.)

제안 B: 노력 수준이 같은 사람들 사이에 배경 자원의 차이로 인한 후생

격차가 발생하지 않도록 하되, 노력 수준이 다른 사람들 사이에 후생 격차가 극대화되도록 복지 자원이 배분되어야 한다. (이것은 능력주의, 업적주의 등 노력을 중요시하는 경쟁 구도.)

제안 C: 모든 국민의 후생 수준의 총합이 극대화되도록 복지 자원이 배분되어야 한다. (이것은 평등이 중요한 것이 아니라 총합이 중요하다. 즉, 곱하기에 많이 줌.)

[문제] 각 제안하에서 집단별로 1인당 배분될 복지 자원의 크기를 구하고,
정부에서 지원해 주는 복지 자원이 4라고 했으니,

찌질이 U = (1+y)1 = (1+4)1 = 5

노력파 U = (1+y)3 = (1+4)3 = 15

마마보이 U = (3+y)1 = (3+4)1 = 7

황태자 U = (3+y)3 = (3+4)3 = 21

이것을 제안 A를 적용해 보면

제안 A: 개인이 사용할 배경 자원과 복지 자원의 합(U)이 사람들 사이에 균등하게 되도록 복지 자원이 배분되어야 한다. (없는 사람 더 주고 많은 사람 더 걷는 것)

찌질이 U = (1+y)1 = (1+8)1 = 9

노력파 U = (1+y)3 = (1+2)3 = 9

마마보이 U = (3+y)1 = (3+6)1 = 9

황태자 U = (3+y)3 = (3+0)3 = 9 총합 36

이것을 제안 B에 적용해 보면

제안 B: 노력 수준이 같은 사람들 사이에 배경 자원의 차이로 인한 후생 격차가 발생하지 않도록 하되, 노력 수준이 다른 사람들 사이에 후생 격차가 극대화되도록 복지 자원이 배분되어야 한다. (능력주의, 업적주의, 경쟁 구도)

찌질이 U = (1+y)1 = (1+5)1 = 6

노력파 U = (1+y)3 = (1+5)3 = 18

마마보이 U = (3+y)1 = (3+3)1 = 6

황태자 U = (3+y)3 = (3+3)3 = 18 총합 48

이것은 제안 C에 적용해 보면

제안 C: 모든 국민의 후생 수준의 총합이 극대화되도록 복지 자원이 배분되어야 한다.

찌질이 U = (1+y)1 = (1+0)1 = 1

노력파 U = (1+y)3 = (1+8)3 = 27

마마보이 U = (3+y)1 = (3+0)1 = 3

황태자 U = (3+y)3 = (3+8)3 = 33 총합 64

[문제] 여기에에 나타난 공평성의 관점과 공리주의적 관점에서 세 제안을 비교하시오.

제안 A: 산술적 평등, 공산주의, 오히려 역차별, 공리주의 원칙인 최대 다수의 최대 행복의 원리에도 맞지 않는다.

제안 B: 업적주의, 능력주의 과다. 노력을 중시하지만 지나친 경쟁 사회.

제안 C: 빈익빈 부익부, 상대적 박탈감, 사회 통합에 문제, 롤스의 정의의 원리인 '최소 수혜자에게 최대의 혜택을 주어야 한다.'는 것에도 맞지 않음.

이런 식으로 분석하고 마무리한다.

이 문제는 개인차가 가장 많이 날 수 있는 문제이므로 합격의 당락을 결정하는 문제이다. 그리고 분석에서 공리주의나 롤스의 정의의 원리 등을 가지고 논하려면 사탐에서 윤리와 사상을 필수적으로 공부해야 한다. 모름지기 논술은 철학적 식견이 바탕이 되어야 일정한 경지에 오른 논술을 쓸 수 있는 것이다. 하여튼 열심히 분석하여 쓴 당신은

축! 합격!

어느 날 저는 '학교는 어떻게 망해가는가.'라는 제목을 써 놓고 생각날 때마다 조금씩 조금씩 글을 채워 나갔습니다. 그렇게 우리 교육의 아픈 구석 하나하나를 다 생각해 내어 이 칼럼이 완성되었습니다. 약 100일 동안 쓴 이 칼럼은 우리 학교교육에 대한 생각을 역설적으로 쓴 글입니다. 이런 식으로 하면 학교는 망해간다는 의미로 읽어 주시면 좋겠습니다

학교교육에 대한 역설의 역설

정부가 팔을 걷어 부치고 시시콜콜 간섭을 하면 된다. 무엇을 가르칠 것인지 어떻게 가르칠 것인지를 결정해 주고, 왜 가르쳐야 하는지에 대한 대답도 해 주면 더 좋겠다. 교사들을 정부의 통제하에 두고 자율성을 갖지 못하도록 하게 하면 된다. 교과서를 만들 때 될 수 있으면 정부의 관할하에 국정교과서를 만들어 모든 학교에 배포하면 좋을 것이다. 모든 아이들이 똑같은 교과서를 가지고 공부 하도록 하면 아이들은 획일적으로 잘 성장한다.

학교의 건물은 될 수 있으면 어느 학교를 가나 찾기 쉽게 획일적으로 설계되어 있으면 더 좋겠다. 잡상인이 와도 금방 찾을 수 있는 구조로 설계되면 금상첨화다. 초등학교 때부터 고등학교 때까지 학교 건물이 교도소

건물처럼 천편일률적으로 만들어 학생들이 학교만 생각하면 나란히 배열되어 있는 교실과 그리고 일렬로 다녀야 하는 복도를 떠올리게 하면 된다. 교실 안의 구조도 어느 반을 들어가든 똑같이 만들면 좋다. 책상과 의자에 똑바로 앉아 항상 똑같은 자세로 공부를 하면 창의성이 살아나 미래 사회를 이끌 역군으로 만들 수 있다.

아무리 공부를 잘해도 초등학교 6학년, 중학교 3학년, 고등학교 3학년을 다니게 만들면 된다. 월반이나 이런 건 사치스럽다. 천차만별의 아이들을 그냥 섞어서 가르치면 된다. 개별화 학습 이런 거는 시간도 오래 걸리고 성과도 안나니 그냥 일제식 강의식 수업이 가장 효과적이다. 학교 조직은 관료 조직이면 더 좋겠다. 교장의 권위 아래 모든 것이 군대식으로 일사불란하게 운영되는 학교라야 보기에도 좋다. 교육청 장학사나 관료들이 월급 값을 하려고 보여 주기식의 일을 열심히 하면 된다. 덕분에 교육청 단위의 행사를 많이 열어 학생들을 참가시키면 민주 시민으로 쑥쑥 자란다.

20년에서 50년까지 차이 나는 학생과 교사의 세대 차이를 간단히 무시하고 교사가 학교 다니던 시절의 가치관으로 아이를 지도하면 된다. 교사가 학교 다니던 시절에 유망한 직업을 아이에게 적극 권장하면 된다. 교사가 학교 다니던 시절에 효과적이었던 빽빽이 숙제를 많이 내주면 된다. 시험 점수 올리는 걸 신줏단지 모시듯 하라고 아이들에게 가르치면 된다. 점수가 최고라는 가짜 만병통치약을 팔려는 돌팔이 교사들을 방치하면 된다.

어떤 정책을 시행하면 절대로 되돌릴 수 없도록 전혀 융통성이 없는 정책을 시행하면 된다. 아이들을 교사나 교장 그리고 정책 당국자들이 보기 편하게 정렬시키면 된다. 학교의 교사들에게 교육정책 당국을 혐오하게 만들어 진정으로 중요한 것을 못 보도록 장님을 만들면 된다. 학교에서 벌어지는 수많은 갈등 요소들에 대하여 교사들끼리 팔 걷어 부치고 논쟁과 토론을 통해 타협점을 찾아야 함에도 불구하고, 그냥 어물쩍 넘어가는 야합이 자주 일어나도록 하면 된다. 학교 속에 일의 중요도는 상관없이 그냥 무조건 평등하게 일을 나누려고 하는 배타적 이기주의가 판을 치게 하면 된다. 모든 것을 서로 떠넘기는 식이 되면 된다.

학교에 웰빙 문화와 침묵의 카르텔이 퍼져 있도록 하면 더욱 좋다. 학교의 수많은 문제들에 대하여 서로 간에 침묵을 지키며 살도록 하면 된다. 나의 여가와 나의 가족이 중요하기 때문에 학교의 골치 아픈 문제는 시간이 지나면 해결되겠지 하고 넘어가면 학교는 좋아진다. 훗날의 행복을 위해 지금의 고통쯤이야 참고 견뎌야 한다고 가르치면 된다.

수능 점수가 배우자 선택의 기준이라느니 '3년 폐인 평생 공주'와 같은 급훈을 매달아 놓고 공부시키면 된다. 학교가 마치 계층 상승의 통로 인양 잘못된 신념을 아이들에게 심어 주면 된다. 우리 아이들을 적어도 평균 이상 정도는 되게 만들어야 한다는 생각으로 학교를 보내는 부모가 많을수록 학교는 잘 돌아간다. 지각 결석을 지도하는 생활 지도, 질서 유지와 순종을 강요하는 생활 지도가 최고라고 생각하고 지도하면 된다. 철저한 일과 시간에 의해 운영되어 아이들이 더욱더 자기주도성을 잃어버리게 만들면 된다. 개인이라는 말속에는 벌써 각각의 개성과 잠재력이 있다는 것을 상정하고 있지만 그건 너무 사치스러우니 그냥 아이들을 집단적인 획일화 틀 속에 가두면 된다. 매일매일 반복되는 일과 속에서 아이들을 개별적으로 파악하면서 가르치기 어려우니 그냥 뭉텅뭉텅 가르치면 된다.

서로 간의 정이나 동료 의식보다는 이해 관계로 얽혀 있을수록 좋다. 아이들은 점수라는 이해 관계로 얽혀 있고, 교사들은 교육적 신념이나 방향보다는 사적인 이해 관계로 얽혀 있으면 좋다. 교실이나 학교라는 공간이 공동 사회보다는 이익 사회로 나아갈수록 학교는 좋아진다. 사회를 개혁할 수 있는 시민을 길러 내지 못하고 위정자들에게 순종하는 신민을 길러 내는 학교면 된다. 아이들의 지식에 대한 갈망 욕구를 만들어 내지 못하거나, 심지어는 그러한 욕구를 조금이라도 가지고 있는 아이들을 질식시키면 된다.

검증도 없이 나이브한 교육 철학으로 새로운 프로그램들을 마구잡이로 학교에 들여오면 된다. 볼셰비키의 위선이 일어나도록 하면 된다. 즉, 서로 간의 위선과 거짓말을 알면서도 서로 칭찬해 주는 또는 서로 위선적인 자아비판을 하는 일이 반복되게 하면 된다. 학생 개개인이 자신 스스로 가치를 가지기보다는 뭉뚱그려서 하나의 피조물처럼 생각되게 만들면 된다. 학교의 기능을 더욱더 복잡하게 만들면 된다. 방과 후 학교, 돌봄 기능, 스포츠 클럽 등 학교의 중핵적인 교수 학습보다는 다른 것들을 우후죽순 만들면 된다. 학교 안에 존재하는 모든 자유를 죽이면 학교는 망해간다.

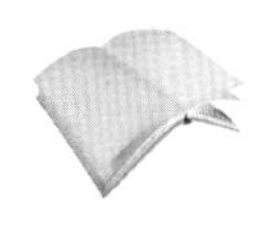

문재인 정부 들어 대통령 공약이라고 밀어붙이는 고교학점제를 학교 현장 교사의 입장에서 분석하고 또 분석해 본 칼럼입니다. 모든 정책이 그렇지만 미래 사회 어쩌구 하면서 좋은 점만 부각시키면서 추진하는 데 대한 비판적인 현미경적인 잣대로 검증해 본 글입니다.

고교학점제가 넘어야 할 산
[김재훈의 교육 이야기] 고교학점제는 과연 학교 현장에 제대로 안착할 수 있을까요?

오늘은 고교학점제가 과연 교육 당국의 의지대로 학교 현장에 제대로 안착할 수 있는지에 대하여 알아보겠습니다. 고교학점제 시계는 이미 되돌릴 수 없을 만큼 진행 중입니다만 그래도 문제점이 있다면 시급히 보완해야 한다는 바램에서 본 칼럼을 씁니다.

고교학점제가 시행되기 전에 마련되었어야 하는 것 다섯 가지가 있습니다. 첫째 내신 절대평가화, 둘째 수능 자격고사화 내지 수능 폐기, 셋째 교사 역량 강화, 넷째 교사나 강사 수급 계획, 다섯째 부족한 교실 등 공간 확충입니다. 이 다섯 개 중 지금 학교 현장에 되어 있는 것은 아무것도 없습니다. 이러한 선행 조건들이 구비되어 있지도 않은 상태에서 대통령 공약이라고 밀어붙이는 것을 보면서 학교 현장이 위험해지고 있다고 생각합니다.

학생 수는 감소하는 데 교사를 무작정 늘릴 수 있는 것도 아니고, 강사 인력풀을 관리한다고는 하지만 그 강사들의 질 관리도 문제입니다. 교사들의 역량을 강화한다는 것도 교사들이 연수 몇 번 받았다고 역량이 강화되는 것도 아니죠. 그리고 수업과 특강은 다른 것입니다. 한 학기 동안 수업을 해야 한다는 것은 그 과목에 대한 전문성이 보장되어야 가능한 것입니다. 한편 수능 무력화가 되지 않은 상태에서의 고교학점제는 수업과 수능과의 괴리로 자습이 난무하는 교실 붕괴로 이어질 것이 뻔합니다.

내신 시스템도 문제입니다. 내신이 절대평가로 전환되지 않은 상태에서 학생 선택 교육과정은 고교학점제가 추구하는 핵심인 학생이 자신의 진로에 맞는 과목 선택이 이루어질 수 없을 것입니다. 왜냐하면 상대평가에서는 누구랑 수업을 듣느냐에 따라 나의 내신 등급이 달라지기 때문입니다. 또 그 내신 등급이 대입 합격증으로 연결되는 상황에서 학생들이 과목 선택에서 마냥 자유로울 수는 없습니다.

문제는 위에 열거한 것들이 손쉽게 바꿀 수 있는 교육정책이 아니라는 데 있습니다. 수능 무력화나 폐기, 내신의 완전 절대평가 및 교사별 평가 등의 정책은 상당한 후폭풍이 따르는 문제라 쉽게 접근이 어려운 교육정책들이기 때문입니다. 또한 우리 교육 문제는 단지 교육만이 아니라 사회의 모든 문제를 안고 있기 때문에 손쉽게 바꿀 수 있는 구조가 아닙니다.

그런데도 고교학점제라는 열차는 혼자 독불장군식으로 앞으로 나아가고 있어 심히 우려되는 바가 큽니다.

그러면 좀 더 디테일하게 고교학점제가 가져올 학교 현장의 변화를 조목조목 따져 보겠습니다.

첫째, 고교학점제는 교사들에게 일과 업무의 핵폭탄을 투하 중입니다.

지금 학교 현장에서는 소위 시간표가 돌아가지 않는다는 말을 많이 합니다. 학생 선택이 중요하다고 해서 무작정 과목을 늘어놓다 보니 시간표도 안 돌아가고 수업받을 공간도 부족한 게 현실입니다. 이러한 것들을 모두 교사들이 해결해야 하는 업무인 것이죠. 또 교사 1인당 3~4과목을 맡아야 하기 때문에 수업 준비는 물론이고 1년 내내 시험 문제를 출제해야 합니다. 그냥 절대평가나 교사별 평가라면 그나마 덜하지만, 현재와 같은 평가 시스템에서는 교재 연구를 비롯한 업무 핵폭탄이 교사들에게 투하될 것이 분명합니다.

둘째, 고교학점제는 교사들에게 노동의 유연성을 요구하는 정책으로 이어질 것입니다.

이건 무슨 이야기일까요? 왜냐하면 고교학점제의 기본은 학생선택권의 보장이기 때문입니다. 따라서 학생 선택이 적은 과목은 그만큼 시간수가 덜 나올 것이고 이에 따라 시간선택제 교사를 쓰는 등 고교학점제가 성공하기 위해서는 채용과 해고가 쉬운 노동의 유연화가 필수입니다. 따라서 장기적으로 고교학점제는 교사들에게 노동의 유연성을 강요하는 법적 제도 마련으로 이어질 것입니다.

셋째, 고교학점제는 교사들의 기를 죽이는 제도입니다.

교사가 올곧이 교단에 설 수 있는 이유는 교과에 대한 전문성 때문입니다. 교사는 그 무엇보다도 수업을 잘할 때 행복감을 느낍니다. 그러나 여러 과목을 가르치고, 또 심화된 과목이나 상치 과목이 늘어나면서 교사들의 전문성이 떨어지는 것은 아닌지 걱정됩니다. 저도 지난 1년 동안 '환경과 녹색성장'이라는 과목을 가르치면서 애를 먹었습니다. 그만큼 자기 전공 분야가 아닌 과목을 가르친다는 것이 쉽지 않은 일인데 고교학점제에서는 이러한 일들이 부지기수로 일어날 것입니다.

넷째, 고교학점제는 우리 학교의 문화나 정서에 맞지 않습니다.

동양의 문화와 서양의 문화는 다릅니다. 동양은 서양과 다르게 관계를 중요시하는 문화입니다. 학교도 마찬가지입니다. 한 교실 안에서 스승과 제자, 학생과 학생 간의 관계가 살아 숨 쉴 때 교육은 이루어지는 것입니다. '교육은 연결이다.'라는 원칙을 깨트리는 것이 고교학점제입니다. 10년 전부터 실시해 온 교과 교실제가 실패로 돌아간 이유도 우리는 한 반에서 친구들과 좋은 관계를 유지하며 공부하는 안정적인 환경을 원하는데 매시간 이리저리 옮겨 다니는 교과 교실제는 아이들에게 정서적 불안감을 조장했기 때문입니다. 고교학점제도 마찬가지 전철을 밟을 우려가 큽니다.

다섯째, 고교학점제는 지방과 시골 학교를 죽이는 제도가 될 것입니다.

고교학점제는 학교에서 개설이 안 되는 과목은 주변의 고등학교와 함께 공동 교육과정을 개설하든지, 소인수 학급을 운영하든지 해야 하는데 주변에 고등학교가 없는 고등학교에서는 공동 교육과정 개설이 불가능합니다. 왜냐하면 공동 교육과정은 2개 학교 학생으로 구성되어야 법적으로 운영이 가능하거든요. 또, 소인수 학급도 강사를 구해야 운영이 가능한데 시골까지 오는 강사는 없습니다.

여섯째, 고교학점제는 소수의 귀족 학교들에게 훨씬 유리한 제도입니다.

고교학점제는 아무래도 특목고나 자사고 등 몇몇 귀족 학교가 더 유리할 것입니다. 기존의 교육과정 편성 노하우는 물론이고, 교사들의 노동 유연성, 강사 채용 등에서 유리하기 때문입니다. 이렇게 귀족 학교들은 고교학점제를 내실 있게 운영할 수 있는 반면, 일반 고등학교에서는 여건상 많은 어려움이 동반될 것입니다. 그만큼 고교학점제는 일반 고등학교에 상대적으로 불리한 제도입니다.

일곱째, 고교학점제는 아이들에게 길 위에서 시간을 허비하게 만들고 그만큼 아이들의 안전도 위협받게 만들고 있습니다.

공동 교육과정의 경우 아이들이 이동하여 수업을 듣는 경우도 많아 아이들의 안전이 염려됩니다. 소위 등교를 두 번 하는 셈입니다. 또한 교육청 단위로 이루어지는 공동 교육과정의 경우 주말에도 등교하여 수업을 들어야 합니다. 이에 따라 이동하는 거리와 시간도 만만치 않아 아이들이 길에서 허비하는 시간이 너무 많습니다. 모 교육청 공동 교육과정의 경우 한 시간 전철을 타고서 수업을 듣는 사례도 있는데 특강이라면 몰라도 매주 가야 하는 수업은 아이들에게 너무 많은 시간을 허비하게 만듭니다.

여덟째, 고교학점제는 자칫하면 위법과 변칙이 난무하는 제도가 될 가능성이 큽니다.

고교학점제는 4차 산업 혁명 시대에 필요한 인재를 키우기 위해서는 자기가 좋아하는 과목을 듣고 학점을 따고 졸업하는 시스템이 필요하다고 역설합니다. 하지만 실제 학교 현장에서는 수업 따로 수능 따로의 변칙이 난무할 가능성이 농후합니다. 당장 코앞의 수능이 중요하기 때문에 심화 과목 등이 변칙으로 운영될 가능성이 많습니다. 수능이 중요하기 때문에 아이들은 수능에 별로 도움이 안 되면서 심도 있게 배우는 과목의 경우 수업에 적극적으로 참여하지 않을 것입니다.

아홉째, 고교학점제를 위해서는 수많은 강사가 필요한데 이에 대한 대책이 없어 원칙 없는 강사 채용이 이루어질 것입니다.

고교학점제 시행에 따라 학교에서 동시에 수업을 해야 하는 경우의 수를 따져 보니 많게는 약 1.5배인 경우도 나타납니다. 즉 어떤 학교가 30개 반이라면 45개 반으로 편성되어 수업을 해야 하는 경우가 있다는 뜻입니다. 따라서 엄청 많은 강사가 필요한데 이 많은 강사가 과연 제대로 공급이 될 수 있을지 의문입니다. 매년 2월이 되면 아마 강사 대란이 일어날 것입니다.

마지막으로, 수능 폐기 없는 고교학점제는 완전 따로국밥이 될 가능성이 농후합니다.

고교학점제와 수능은 마주 보고 달리는 자동차와 같습니다. 학생들의 자유로운 선택에 따라 과목을 배워야 하는 고교학점제이지만, 실제 학교 현장에서는 수능에 유리한 과목만 선택할 것이고 다른 과목은 그야말로 빛 좋은 개살구가 될 가능성이 큽니다. 고교학점제와 수능은 언젠가 터져버릴 치킨게임과 같습니다.

과연 이러한 모든 어려움을 극복하고 고교학점제는 우리 학교 현장에 제대로 안착할 수 있을까요?

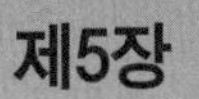

역사 속 결정적 교육 장면들

훌륭한 사람 뒤에는 반드시 훌륭한 스승이 있습니다
그 위대한 스승을 찾아 떠나 보실까요?

피아졸라와 나디아 블랑제

"선생이 할 수 있는 일이란 제자가 여러 도구들을 자유자재로 만질 수 있는 힘을 길러 주는 거예요. 제자가 그 도구로 무엇을 하건, 선생은 그 부분에 대해서는 할 수 있는 일이 없어요. 제자에게 발명의 힘을 줄 수도 없고, 또 제자가 지닌 발명 능력을 빼앗을 수도 없습니다. 다만 제자에게 읽고, 듣고, 보고, 이해할 자유를 줄 수 있을 뿐이죠."

프랑스의 여제 나디아 블랑제(1887~1979)는 프랑스의 작곡가, 지휘자, 교육자이며, 오르가니스트입니다. 그의 제자들을 빼고는 현대 음악을 논할 수 없을 정도로 많은 국제적 음악가를 배출했습니다. 그 제자들의 면면을 볼까요? 뮤지컬 〈Westside Story〉의 작곡자이자 뉴욕필 상임 지휘자를 지낸 Leonard Bernstein, 누에보 탱고의 개척자 Astor Piazzolla, 세계적인 바이올리니스트 Jehudi Menuhin과 피아니스트 Dinu Lipatti, 마이클 잭슨의 프로듀서 Quincy Johns 등 무려 600여 명이나 됩니다.

나디아 블랑제는 17세 때부터 개인 교습을 시작했습니다. 여기에는 아픈 사연이 있습니다. 나디아의 아버지는 62세 때 41년 연하인 제자와 결혼하여 72세에 나디아를 낳았습니다. 아버지가 85세의 나이로 돌아가시자 낭비벽이 심한 어머니 때문에 가정 경제를 꾸려 가야 했기 때문에 개인 교습을 시작했던 것이지요.

수많은 제자를 길러 낸 나디아 블랑제의 교수법은 무엇이었을까요? 무엇보다도 그는 제자들 각자의 특별한 재능을 발굴하여 진정한 그들의 음악을 찾도록 했습니다. 그렇지 못할 것 같으면 아예 제자로 받지도 않았다고도 하네요. 피아졸라의 예화를 한번 볼까요?

블랑제의 제자 중 한 명인 아르헨티나 작곡가 아스토르 피아졸라는 새벽 서너 시가 될 때까지 클럽에서 탱고 연주를 하고, 낮이면 당대 최고 작곡가들에 대해 공부를 하며 틈틈이 작곡을 했습니다. 그렇게 10년을 보낸 피아졸라는 부에노스아이레스 심포니 콩쿠르에서 입상하여 프랑스 정부에서 장학금을 받게 되고 자신이 작곡한 모든 작품을 가지고 클래식 작곡가가 되기 위해 파리로 떠납니다. 여기서 프랑스의 최고 음악 교육자로 손꼽히는 나디아 블랑제를 찾아가게 됩니다. 블랑제 앞에서 자신이 지난 10년간 갈고닦은 곡들을 연주한 피아졸라. 그러나 블랑제로부터 돌아온 대답은

"곡은 잘 썼지만 어디에도 피아졸라는 보이지 않는다."

"다른 작곡가를 따라 해서는 너 자신의 것이 없다. 가장 너답게 할 수 있는 음악을 해야 한다."라는 조언이었습니다. 블랑제는 피아졸라에게 어떤 음악을 하며 그간 생계를 이어 왔는지 물었습니다. 클럽에서 연주하던 탱고 음악 말고는 딱히 내세울 것이 없던 피아졸라. 하지만 탱고는 수준 낮은 음악이라 여겼기에 사실을 숨기려 했지만, 블랑제의 끈질긴 추궁을 못 이긴 피아졸라는 결국 탱고 연주를 했었다고 털어놓게 됩니다. 이에 블랑제는 곧바로 탱고를 연주해 보라 지시했고, 피아졸라의 연주를 듣고 난 뒤 블랑제는 외칩니다.

"이게 바로 피아졸라야!"

피아졸라는 그 순간 자신이 10년간 투자한 모든 곡을 버렸습니다. 그리

고 18개월이라는 시간 동안 블랑제에게 혹독한 가르침을 받은 후 발로 공연하는 탱고가 아닌 귀로 듣는 새로운 탱고를 탄생시키게 됩니다. 바로 누에보 탱고의 탄생입니다. 탱고 음악과 클래식 음악 사이에서 방황하고 혼란스러워하던 피아졸라에게 탱고만이 그의 음악적 정체성이자 잠재된 열정을 불러일으킬 근원이라는 것을 알아본 블랑제, 블랑제의 조언과 격려는 피아졸라에게 어울리는 음악이 무엇인지 일깨워 주었습니다. 피아졸라와 그의 스승 블랑제의 모습은 인생의 많은 항로 속에서 방황하고 흔들리는 우리의 제자들에게 선생님의 통찰력 있는 가르침이 얼마나 큰 영향을 미칠 수 있는지를 우리에게 보여 주고 있습니다.

블랑제는 '체계'라는 것을 매우 경계했지만 교육에는 빈틈이 없었다고 합니다. 얼마나 지독했는지 제자들은 그를 '괴물'이라고까지 부르기까지 했다고 합니다. 블랑제는 학생들에게 독보법과 화성법 등의 기초를 철저하게 지도했는데, 수업 중에 절대로 '틀렸다.'라는 말을 하지 않았다고 하네요. 학생이 스스로 깨달을 때까지 참고 기다려 주었다고 합니다. 나디아 블랑제의 유명한 말 속에 그의 교육철학이 녹아 있습니다.

"To study music, You must learn the rules.
To create music, You must forget the rules."

카뮈와 장 그르니에

"선생님께서 제가 쓴 첫 글을 읽어 보시고 소감을 말씀해 주신다면
작가의 길을 가든지 아니면 포기하든지 할 생각입니다."

위대한 작가이자 사상가 알베르 카뮈, 그리고 그를 만들었다고 평가받는 장 그르니에는 고등학교 선생님과 제자로 처음 만났습니다. 당시 알베르 카뮈는 19세 장 그르니에는 34살이었습니다. 뛰어난 철학자였지만 생계 때문에 교사 일을 해야 했던 장 그르니에는 회의주의자였고, 폐결핵과 무릎 통증으로 축구 선수를 포기한 알베르 카뮈는 실의에 빠진 반항아였습니다. 장 그르니에는 알베르 카뮈에게 어느 날 글쓰기를 제안하였고 그날부터 두 사람은 문학적으로 소통하기 시작하였습니다.

장 그르니에는 자신이 소장한 책들을 제자들에게 빌려주곤 했는데, 카뮈는『고통』이란 책을 읽고 전기 충격과도 같은 영향을 받게 됩니다. 카뮈 자신도 알제리에서 발간되는 잡지『쉬드』에 몇 편의 에세이들을 발표했고, 1932년 5월에는 그르니에에게 보낸 첫 편지에서 자신의 첫 작품에 대해 언급하며 "선생님께서 읽어 보시고 소감을 말씀해 주신다면 그에 따라 저는 제가 정했던 목표, 현재 저의 처지를 잊어버린 채 추구하고자 노력하려던 목표를 그대로 간직하든가 포기하든가 할 생각합니다."라고 덧붙였습니다.

카뮈가 처음에 쓴 에세이들은 그르니에의 글들을 모델로 삼을 수밖에

없었기에 한계점이 있었습니다. 그르니에는 자신이 가진 책들을 빌려주고 저명 문인들과 만날 수 있게 주선해 주며 여러 가지 문제에 대하여 토론을 벌임으로써 카뮈의 시야를 넓혀 주려 노력합니다. 그러나 카뮈에게 가장 깊고 가장 지속적인 영향을 끼친 것은 그르니에가 펴낸 『섬』이었습니다. 이 책에는 카뮈가 쓴 글이 들어 있습니다.

> "길거리에서 이 조그만 책을 펼치고, 그 첫 줄을 읽다 말고는 다시 접어 가슴에 꼭 껴안고, 마침내 아무도 보는 이 없는 곳에 가서 미친 듯이 읽고 싶다. 오늘 처음으로 〈섬〉을 펼쳐 보는 낯모르는 젊은이를 뜨거운 마음으로 부러워한다."

이렇게 서로 28년이라는 시간 동안 235통의 편지를 주고받으며, 서로의 문학 작품에 영향을 주었고, 평생에 걸쳐 서로에게 큰 영향을 주었습니다. 그 편지를 모은 책 『카뮈-그르니에 서한집』에는 두 작가의 친밀한 이야기가 들어 있습니다. 흥미롭게도 그런 두 사람의 근본적 세계관은 전혀 달랐습니다. 그렇기에 두 사람의 입장이 항상 같지만은 않았고 대화에는 대립도 있었습니다. 즉 서로에게 때로는 동지, 때로는 견제자였습니다. 그들이 소원해지고 멀어질 때도 있었지만, 두 사람은 그런 차이를 드러내며 수없이 토론하며 서로의 애정과 공감을 쌓아 나갔습니다. 카뮈와 그르니에가 프랑스 지성사의 거목으로 성장하기까지 두 사람의 인연과 우정은 오늘날 우리에게 큰 감동을 줍니다.

헬렌 켈러와 그의 스승 앤 설리번

"사흘만 세상을 볼 수 있다면 첫째 날은 사랑하는 이의 얼굴을 보겠다. 둘째 날은 밤이 아침으로 변하는 기적을 보리라. 셋째 날은 사람들이 오가는 평범한 거리를 보고 싶다. 단언컨대, 본다는 것은 가장 큰 축복이다."

미국 최초 시청각 장애 대학생이자 사회운동가 헬렌 켈러가 남긴 말입니다. 그녀는 태어난 지 19개월 됐을 때 걸린 열병의 부작용으로 눈과 귀가 멀고 말을 못하는 3중 장애를 갖게 됩니다. 헬렌 켈러가 여섯 살 때, 그녀의 부모는 당시 장애인 교육에 앞장섰던 퍼킨스 학교의 교장에게 부탁해서 가정 교사를 한 사람 보내 달라고 부탁했습니다. 이를 위해 선발된 인물이 우리가 익히 알고 있는 헬렌 켈러의 스승, 앤 설리번이었습니다. 헬렌 켈러는 그의 자서전에서 스승 앤 설리번을 만났던 순간을 이렇게 표현하고 있습니다.

"일생을 통틀어 가장 중요한 날이 있다면 바로 이날, 내가 앤 설리번 선생님을 만난 날이다. 무엇으로도 측량할 길 없으리만치 대조적인 우리 두 사람이 이렇게 연결되다니, 생각할수록 놀라움을 금할 길 없다. 1887년 3월 3일, 만 일곱 살을 꼭 석 달 남겨 놓은 때였다."(헬렌 켈러 자서전 『내가 살아온 이야기』 중에서).

하지만 그들의 시작은 결코 순탄치 만은 않았습니다. 응석받이로 자란 헬렌 켈러는 누구의 말도 듣지 않았고, 악을 쓰며 달려드는 아이와 하루 종일 씨름을 하며 수화를 가르치던 앤 설리번은 정신적으로 육체적으로 진이 빠졌습니다. 그렇게 한 달이 더 지난 4월 5일, 훗날 사람들이 '기적'이라고 입을 모은 사건이 벌어집니다. 집 마당의 펌프가에서 헬렌 켈러가 드디어 '물(water)'이라는 단어를 이해하게 된 것이었죠.

"누군가 펌프에서 물을 긷고 있었는데, 선생님은 물이 뿜어져 나오는 꼭지 아래에다 내 손을 갖다 대셨다. 차디찬 물줄기가 꼭지에 닿은 손으로 계속해서 쏟아져 흐르는 가운데, 선생님은 다른 한 손에다 처음에는 천천히, 두 번째는 빠르게 '물(water)'이라고 쓰셨다. 선생님의 손가락 움직임에 온 신경을 곤두세운 채, 나는 마치 얼음 조각이라도 된 양 가만히 서 있었다. 갑자기 잊혀진 것, 그래서 가물가물 흐릿한 의식 저편으로부터 서서히 생각이 그 모습을 드러내며 돌아오는 떨림이 감지됐다. 언어의 신비가 그 베일을 벗는 순간이었다."

이 기적은 헬렌 켈러의 학습에 대한 의지와 앤 설리번의 교육에 대한 열정이 만든 시너지였습니다. 이후 헬렌 켈러는 세계 최초로 대학 교육을 받은 시각, 청각 장애인이 되었고, 장애인들을 위한 교육, 사회 복지 시설의 개선을 위해 앞장섰으며, 여성, 노동자 등 소외된 사람들의 인권을 위해 사회 운동을 펼쳤습니다. 물론 그녀가 훌륭한 사회운동가가 되기까지에 는 여러 시련과 비난이 있었습니다. 하지만 그녀의 영원한 스승인 앤 설리번이 그녀 곁에 조력자로 남았기에 그녀는 세계의 선망을 받는 위인이 될 수 있었습니다. 우리는 그녀의 스승 앤 설리반이 신체적, 정신적으로 멀쩡했기에 헬렌 켈러의 교육을 담당할 수 있었을 거라 생각하지만 놀랍게도 그녀 역시 신체의 불편함을 가지고 있었습니다.

앤 설리번은 1866년 4월 14일에 가난한 아일랜드 이민자 가정에서 태어나 어릴 때 고아가 되었으며, 구빈원을 전전하는 어려운 생활을 했습니다. 그녀 역시 어려서부터 결막염으로 시각 장애인과 다름없는 생활을 했으며, 여러 번에 걸친 대수술 끝에야 어느 정도 시력을 회복했습니다. 이후 그녀는 퍼킨스 학교에 들어와 점자 및 수화 사용법을 배워 수석으로 졸업했고, 훗날 헬렌 켈러의 위대한 스승이 되었습니다. 즉, 그녀는 자신이 겪었던 불편함을 바탕으로 헬렌 켈러를 이해할 수 있었고, 그녀에게 맞는 교수법을 시행할 수 있었던 것입니다. 그녀의 교육에 대한 끈기는 부모도 포기했던 장애 아동을 세계가 존경하는 사회운동가로 만들었습니다.

교육은 관계이며 믿음입니다. 학생을 믿고 기다려야만 그 학생이 꽃을 피울 수 있습니다. 교육에 있어서 포기는 독입니다. 만약 앤 설리번이 헬렌 켈러를 포기했다면 그녀는 그저 몸이 불편한 장애인으로 살아갔을지도 모릅니다. 세상에는 너무도 많은 헬렌 켈러가 있고 우리는 앤 설리번이 되어 그들을 올바른 사회 구성원으로 양성해야 할 의무가 있습니다.

바보 빅터 이야기

"레이첼 선생님은 저를 포기하지 않은 유일한 선생님입니다.
선생님과의 만남은 제 인생 최고의 행운이었습니다."

빅터는 학교 컴퓨터실에서 어이없는 실수를 저지르게 됩니다. 로널드 선생이 컴퓨터를 '켜라 on.'라고 말한 것을 '열어라 open.'로 잘못 알아듣고 PC 케이스를 뜯어 내려 했던 것이죠. 이를 알아차린 로널드 선생은 빅터에게 "넌 도대체 머릿속이 어떻게 돼 먹은 거냐? 천 달러가 넘는 컴퓨터를 뜯어 내겠다고? 돌고래도 너보다는 똑똑할 거야~. 멍청한 녀석, 바보에게 공부는 필요 없어! 나가서 장사나 배워!"라며 윽박질렀죠. 이날의 사건은 빅터의 꿈속에도 등장해 그를 괴롭히는 것은 물론, 빅터의 같은 반 친구들도 그를 만나면 "꿔억! 꿔억!" 소리를 내며 그를 돌고래 취급하기 시작했어요. 점차 빅터의 학교 생활은 우울해져 갔죠.

한편, 오후 수업 시간. 레이첼 선생님은 빅터로부터 일명 '소리 나는 리모컨' 즉, 집에서 리모컨을 잃어버렸을 때 리모컨에서 소리가 나게 해서 찾게 한다는 발상이 담긴 노트를 받았습니다. 레이첼 선생은 탄성을 질렀습니다.

"와우 빅터! 대단한 걸. 이제 리모컨을 잃어버려도 거실을 헤집을 필요가 없겠구나. 정말 근사한 아이디어야."

흥분된 기분으로 교무실로 들어온 레이첼 선생은 발명반 담당인 로널드 선생에게 빅터의 노트를 보여 줬어요. 그러나 로널드 선생은 빅터라는 이름을 듣자마자 소리 나는 리모컨은 작년 전국 학생발명대회에서 대상을 탄 작품이며 그가 교사의 관심을 받으려고 일부러 베낀 게 분명하다고 했습니다. 그러나 레이첼 선생은 빅터가 성적은 부진하지만 거짓말할 아이가 아니라고 생각했으며 또 인간의 잠재 가능성을 믿었기 때문에 그의 말을 반박했죠. 그러자 로널드 선생은 학적부를 꺼내서 보여 주면서,

"봤습니까? 빅터는 IQ가 73이란 말입니다. 한마디로 저능아죠."

이 대화 내용을 교무실에 찾아왔던 학생들이 듣게 되었고 아이들은 빅터의 사물함에 빨간 글씨로 'IQ 73'이라 써 붙이고, 빅터의 등에 '바보', '저능아'라고 쓴 종이를 붙이기도 했습니다. 아이들은 빅터를 '바보 빅터'라 불렀죠. 심지어 몇몇 교사들도 그렇게 불렀습니다. IQ가 알려진 후 빅터는 노골적으로 괴롭힘을 당했습니다. 이를 걱정한 레이첼 선생님이 빅터와 상담을 하며 용기를 불어 넣어 줬지만 이미 로널드의 전화를 받은 빅터의 아버지는 빅터가 학교를 그만두는 것으로 결정했습니다. 마지막까지 레이첼 선생님은 그를 배웅하면서 그에게 용기를 복돋아 주며 응원을 보냈습니다. 그렇지만 빅터는 17년 동안 스스로 바보라 여기고, 또 타인에게 바보 취급을 받으며 살아 갑니다.

그렇게 17년이 흐른 어느 날 레이첼은 로나로부터 암기왕 잭보다 IQ가 더 높은 사람이 '빅터'라는 소식을 듣고 깜짝 놀랐습니다. 당장 학교에 찾아가 IQ가 적힌 서류를 보니? 거기에는 73이 아닌 173으로 적혀 있었던 거예요. 그로 인해 17년 만에 빅터의 IQ가 173인 것이 밝혀진 것입니다. 17년 전 빅터를 저능아라고 믿었던 로널드 선생의 눈에는 빅터의 IQ 평가표에 적힌 173이란 숫자가 73으로 보였던 것이죠. 그렇게 편견으로 누락

된 한 자리 숫자로 인해 빅터는 17년 동안 바보로 살았던 것입니다.

이후 빅터는 스스로의 가치를 깨닫고 여러 활동을 한 결과 인구 대비 상위 2퍼센트의 IQ를 가진 사람들만 가입할 수 있는 국제멘사협회의 회장에 취임하게 됩니다.

그는 취임식 연설에서 다음과 같이 말했습니다.

"레이첼 선생님은 저를 포기하지 않은 유일한 선생님입니다.
선생님과의 만남은 제 인생 최고의 행운이었습니다."

축구 선수 손흥민과 그의 아버지

2022년 현재 대한민국 최고의 축구 선수.

손흥민.

그의 뒤에는 어떠한 스승이 있었을까요?

손웅정 씨는 과거 유망한 축구 선수였지만 부상으로 인해 젊은 나이에 은퇴를 한 뒤 유소년 코치가 되었습니다. 그는 아들인 손흥민 선수에게 어려서부터 축구 교육을 시켰습니다. 그는 자신이 어렸을 때부터 기본기가 완전히 갖추어지지 않고 경쟁만으로 살아남다 보니 스스로 기본기와 개인기가 부족하다고 느꼈다고 합니다. 그래서 그는 어린 손흥민을 학교의 축구팀에 보내어 경기를 뛰게 하지 않고 기본기 훈련과 개인기 훈련을 시켰습니다. 패스와 볼을 소유할 수 있는 능력을 키우며 중학교 2학년 때까지 기본기와 개인기를 마스터한 후 손흥민 선수는 육민관중학교의 축구팀에 들어가 축구 시합을 하기 시작하였습니다. 경기를 뛰면서도 그는 슛 연습을 하루에 1000개를 하고, 볼 리프팅을 15분 이상을 하는 등 기본기 연습을 계속하였으며, 세계적인 선수가 된 지금도 꾸준히 기본기와 개인기 연습을 한다고 합니다.

고등학교 시절 독일 분데스리가의 팀 중 하나인 함부르크SV의 스카우터로부터 입단 제의가 들어왔고 그는 함부르크의 유소년팀에 입단하게 됩니다. 입단을 하여 팀 훈련만 하는 것이 아니라 손흥민 선수는 아버지와 함께 개인 훈련을 같이 진행하였다고 합니다. 그의 아버지는 단순히 선수만 훈련을 시키지 않았습니다. 선수와 같이 훈련을 하였던 것이죠. 아무리 어렵고 힘든 훈련이라 하더라도 그는 아들과 모든 훈련 세션을 소화 하였습니다. 코치인 그가 선수와 훈련을 같이하는 이유는 힘들어도 포기하면 안 된다는 것을 가르쳐 주려고 한 의도가 있었던 것이죠. 하지만 실제로 훈련 세션을 같이 소화한 이유는 훈련을 통하여 어떠한 운동이 도움이 되는지 연구를 통해 본인이 파악을 한 뒤 아들과 같이 훈련을 하며 육체적인 아픔까지도 파악을 하여 케어를 하기 위하여 같이 훈련을 하였다고 합니다.

그는 현재도 최고의 공격수인 손흥민 선수를 관리하며 개인 훈련을 할 때에 같이 훈련을 한다고 합니다. 본인이 먼저 겪은 선수 생활을 통해 자신만의 축구 철학을 통해 아들에게 전수를 하였던 것입니다. 손웅정 씨는 한 TV 프로그램에서 자신의 교육 철학이 담긴 말을 하였는데요.

> "대나무는 땅 위에 죽순이 나오기 위해 5년 동안 분주히 튼튼히 뿌리를 뻗어 놓는다. 그런 후 새싹이 나오면 하루에 70㎝씩 급성장하게 된다. 높게 뻗으려면 그전에 해야 할 것이 있어야 한다."

축구뿐만 아니라 모든 종목과 일에는 뿌리가 되는 기본이 단단해야 함을 말해 줍니다.

영화 〈파파로티〉

성악 천재 건달, 큰 형님보다 무서운 적수를 만나다.

한때 잘 나가던 성악가였지만 지금은 촌구석 예고의 음악선생인 상진에게 미션이 떨어진다. 천부적 노래 실력을 지녔으나 일찍이 주먹세계에 입문한 건달 장호를 가르쳐 콩쿨대회에서 입상하라는 것. 장호는 비록 파파로티 이름 하나 제대로 모르는 건달이지만 성악가가 되고 싶다는 꿈만은 잊은 적이 없다.

[영화 시놉시스 중에서]

너 같으면 깡패 ×끼한테 노래 가르치고 싶겠냐?

깡패는 노래하면 안 됩니꺼?

클래식이 뽕짝이냐? 뭐 개나 소나 다 취미로 하게?

취미로 하는 것 절대 아닙니더. 노래가 진심으로 좋습니더.

그럼 너 마음대로 해, 노래하는 건달! 멋있네?

이렇게 상진(서수용 교사)은 장호(김호중)의 의중을 꿰뚫고 그의 성악에 대한 욕구를 불태워 간다.

"내사 우리 집에서 네 노래 처음 들었을 때 왜 아무 말도 안 했는지 아니? 부럽더라. 나는 죽었다 깨어나도 가질 수 없는 목소리야. 장호야. 니

> 목소린 말야…. 그거 임마, 하늘이 내려준 목소리야."

상진이 장호에게 한 말이다. 제자의 재능을 미리 알아본 스승. 그를 어떻게 조폭세계에서 빠져나오게 할까 궁리하는 스승.

> 장호는 보스 앞에 무릎을 꿇고 "여기서 죽어도 큰행님 원망하지 않심니더. 대신 살라고 강요하시면 그땐 원망할깁니더." 보스는 칼을 장호의 와이셔츠 목 칼라에 대고 손을 부들부들 떨면서 몹시 고함을 치더니 칼을 내동댕이치고 "가라. 대신 10년 안에 세상 종자들 다 알아보는 그런 인간 못 되어 있으면 니 모가지, 니 선생 발모가지, 그때 딸기다."

이렇게 장호는 상진의 노력 덕분에 조폭세계와 단절하게 된다. 상진도 원래 콩쿨에서 1등을 하여 장학생으로 이태리 유학을 갔지만 성대 종양으로 꿈을 접은 천재. 결국에는 장호를 이태리에 있는 친구에게 소개하고 꼭 받아달라고 부탁한다. 이렇게 장호는 이태리로 가기로 마음먹고 스승과 제자는 〈행복을 주는 사람〉을 부르며 서로 부둥켜안는다.

스티브 잡스

"그분이 아니었다면 저는 틀림없이 소년원이나 들락거리고 말았을 거예요."

"선생님은 저한테 큰 관심을 가져 주셨어요.
제 안에 들어 있는 무언가를 보신 거지요."

스티브 잡스가 초등학교 4학년 때 담임 선생님인 힐 선생님을 회상하며 한 말입니다. 초등학교 3학년 때까지 스티브 잡스는 완전 말썽꾸러기였죠. 말썽꾸러기인데 머리가 좋으니 짓궂은 장난을 치면서 지루함을 달랬을 정도였습니다. 릭이라는 친구랑 갖은 모략을 다 꾸미며 놀았죠. 선생님 몰래 '애완동물 데리고 등교하는 날' 포스터를 만들어 붙여, 다음 날 교실이 온통 개와 고양이로 뒤범벅이 되게 만들기도 했어요. 선생님들은 거의 미쳐 버릴 지경이었죠. 한번은 아이들을 꼬드겨 자전거 자물쇠 비밀번호를 알아 낸 다음, 운동장에 세워져 있던 자전거들 비번을 모두 바꿔 놓아 아이들이 하교를 못하게 만들기도 했습니다.

4학년이 되자 학교에서는 스티브와 릭을 떨어뜨려 놓기로 결정했습니다. 그렇게 만난 담임 선생님이 힐 선생님입니다. 힐 선생님은 스티브 잡스의 특별한 재능을 알아보았습니다. 그녀는 잡스에게 어려운 수학 문제를 주며 집에 가서 풀어오라고 했어요. 잡스가 별 무반응을 보이자 커다란 막대 사탕과 5달러를 선물로 제시하기도 했죠. 잡스는 그 어렵다는 수학 문제를 이틀만에 풀어서 선생님에게 갖다 드렸습니다. 그 이후로도 선생님이 주시는 특별 과제를 선물 없이도 풀어서 선생님께 갖다 드리며 선생님을 기쁘게 해 준 사실에 스스로 만족해 했습니다.

4학년 말 힐 선생님은 잡스에게 수학 능력을 평가받을 수 있도록 하였습니다. 여기서 잡스는 고등학교 2학년 수준의 수학능력이 있다는 결과를 받아들고, 결국 6학년으로 월반하게 됩니다. 스티브 잡스가 흔들리는 결정적인 순간에 결정적인 가르침을 주신 힐 선생님을 잡스는 "내 인생의 성자 중 한 분"이라고 회상했습니다.

스티브 잡스의 또 다른 스승으로는 마이크 마쿨라를 들 수 있습니다. 스티브 잡스와 스티브 워즈니악은 각각 기획자와 엔지니어로써 컴퓨터 개발에 매진했지만, 회사를 경영하는 일에는 문외한이나 다름 없었습니다. 이러한 아마추어들에게 이미 인텔에서 성공경험이 있는 마쿨라는 많은 면에서 스티브 잡스에게 영향을 주게 됩니다. 꿈꾸는 두 모험가에게 마이크 마쿨라는 멘토가 되어서 현실적인 조언을 해 주고 스티브 잡스와 스티브 워즈니악이 프로가 될 수 있도록 안내하는 역할을 했습니다. 애플2 컴퓨터는 1977년 1월 샌프라시스코에서 열리는 웨스트코스트 컴퓨터 페어라는 대규모 행사에 최초로 공개할 예정이었습니다. 하지만 두 창업자는 이런 행사에 익숙하지 못했죠. 이때 마이크 마쿨라는 옷 입는 방법부터 사람을 대하는 말투와 행동, 그리고 제품을 소개하는 방식까지 친절하게 설명해 주었습니다.

마이크 마쿨라는 인텔에 자금을 투자해서 거액의 돈을 벌어들인 아서 록을 찾아갑니다. 아서 록은 마이크 마쿨라의 제안을 받아들여서 자금을 투자했을 뿐만 아니라 애플의 이사진에 합류하게 됩니다. 아서 록은 실리콘 밸리에서 벤처 캐피탈의 원조로 꼽는 사람이었던 만큼 아서 록의 투자와 합류는 애플이라는 회사의 성공 가능성을 더 높이는 결정적인 계기가 됩니다. 아서 록은 록펠러 가문을 찾아가서 애플을 소개하고 50만 달러의 투자를 이끌어내었습니다. 애플의 매출은 매년 100%씩 성장했고 창업한 지 단 4년 만에 미국 주식 시장에 상장되는 영광을 누리게 됩니다. 포드 자동차 이후 가장 성공적인 애플의 주식 공개는 스티브 잡스라는 미국에서 가장 젊은 부자 탄생으로 화제의 중심이 되었습니다. 개인용 컴퓨터라는 신세계를 창조했을 뿐만 아니라 스티브 잡스는 미국 젊은이들의 새로운 아이콘으로 등극하게 된 것입니다. 그 여정 속 결정적 장면에 마이크 마쿨라가 있었습니다.

레반도프스키와 클롭 감독

"축구를 하다 보면 혼자 4골을 넣을 수도 있다.
그러나 레알 마드리드를 상대로 혼자 4골을 넣는다는 것은
레반도프스키만 가능한 일이다."

레반도프스키를 아시나요?

레반도프스키는 폴란드 리그 팀 중 하나인 레흐 포즈난이라는 팀에서 스트라이커 포지션에서 뛰고 있던 유망주였습니다. 그는 어릴 때부터 팀에서 주포로 활약하며 팀의 우승을 이끌었습니다. 그런 레반도프스키의 잠재력을 알아본 클롭 감독은 레반도프스키에 대한 다른 팀의 수많은 영입 제의 경쟁 속에서 레반도프스키를 그의 팀인 도르트문트로 영입하는데 성공합니다. 레반도프스키가 그의 팀으로 이적한 첫해 클롭 감독은 그를 그의 원래 포지션인 스트라이커 자리가 아닌 공격형 미드필더에 배치합니다. 그에 따라 당연히 그는 기대에 못 미치는 활약을 하고 시즌을 마무리하게 됩니다. 하지만 이는 클롭 감독의 결정적 의도가 담긴 한 수였습니다. 클롭 감독은 이미 공격수로서의 재능은 뛰어난 레반도프스키를 미드필더에 배치하면서 경기를 읽는 흐름을 배우게 하여 그가 그저 골을 넣는 역할만 하는 스트라이커가 아닌 동료 선수들과 연계하는 플레이까지 할 수 있는 더욱 완벽한 스트라이커로 만들고자 했던 것이죠. 그 믿음에 보답한 것일까요? 레반도프스키는 다음 시즌부터 팀 내 주전 스트라이

커로 완벽히 자리 잡으며 "리그 34경기 22골 8도움"을 기록하고, 포칼컵 대회 결승전에서 독일 리그 내 최강팀인 바이에른 뮌헨을 상대로 해트트릭을 기록하며 팀의 리그 우승과 포칼컵 대회 우승을 이끄는 데 큰 공헌을 합니다. 그 기세를 이어 다음 시즌에는 유럽 챔피언스 리그 준결승에서 유럽 내 최강팀 중 하나인 '레알 마드리드'를 상대로 혼자 4골을 넣으며 팀이 결승전에 진출하는 데 큰 공헌을 합니다.

"축구를 하다 보면 혼자 4골을 넣을 수도 있다. 그러나 레알 마드리드를 상대로 혼자 4골을 넣는다는 것은 레반도프스키만 가능한 일이다." 퍼거슨 감독의 말입니다.

그 후 레반도프스키는 바이에른 뮌헨으로 이적하여 더욱 강력한 포스를 보여 주며 2010년대 스트라이커 포지션에서 가장 잘하는 선수 중 하나로 활약하고 있습니다. 그는 한 언론사와의 인터뷰에서 그의 스승인 클롭 감독에 대해 이렇게 말을 했다고 합니다.

> "처음에 감독님이 나에게 미드필더 역할을 맡겼을 때 굉장히 짜증이 났습니다. 하지만 다시 스트라이커 자리로 갔을 때 그때 감독님의 의도를 이해할 수 있었습니다. 저는 그때의 경험 덕분에 더욱 완벽한 스트라이커로 성장할 수 있었습니다."

우리는 이 사례를 통해 스승은 제자의 잠재력을 알아볼 수 있는 것뿐만 아니라 제자가 이미 뛰어난 잠재력을 가지고 있다 할지라도 이 잠재력을 좀 더 완벽하게 발휘할 수 있도록 그 방향을 제시해 줘야 한다는 것을 알 수 있습니다. 만약 클롭이 그의 재능을 알아보지 못했다면, 혹은 그에게 공격형 미드필더의 역할을 부여하지 않았다면 그저 변방에서 좀 잘하는 스트라이커로서 선수 생활을 하고 있었을지도 모릅니다.

공자의 교육철학

"유교무류(有教無類) 가르침은 있되 차별은 없다."

"인재시교(因材施教) 학생에 따라 가르침을 달리한다."

공자는 춘추시대의 대교육가입니다. 공자는 기꺼이 학생들을 받아들였습니다. 지금이야 누구나 교육을 받을 수 있는 시대이지만 3000년 전에 이러한 생각은 가히 혁명적이었습니다. 공자의 제자들은 집안이 가난하거나 부유하거나 천부적으로 총명하거나 어리석다는 이유로 학생을 택한 적이 없어 문하생들은 각양각색입니다. 가르침에는 차별이 없다는 유교무류, 모든 학생들의 수준과 개성이 다 다르니 제자들의 재능과 개성을 파악하고 그에 맞는 교육을 실시해야 한다는 인재시교는 공자의 교육철학입니다.

한 번은 제자 자하가 공자에게 "선생님은 안회를 어떻게 생각하십니까?"라고 물었다.

공자는 "안회는 신용이 너무 좋아 나보다 성실하다."라고 답했다.

자하가 또 "선생님은 자공을 어떻게 생각하십니까?"라고 물었다.

공자는 "나보다 총명하다."라고 답했다.

자하가 계속 "선생님은 자로를 어떻게 생각하십니까?"라고 물었다.

공자는 "나보다 용감하다."라고 답했다.

자하가 다시 “선생님은 자장을 어떻게 생각하십니까?”

라고 물었다.

공자는 “자장은 엄격하고 신중하여, 나는 그에게 미치지 못한다.”라고 답했다.

자하가 “각각 장점도 있고 선생님보다 더 대단한데 선생님은 왜 우리를 가르치십니까?”라고 물었다. 공자는 자하에게 다음과 같이 말씀하셨다.

“안회는 신용을 지키되 변통할 줄 모른다. 자공은 총명하지만 겸손하지 못하다. 자로는 매우 용감하지만, 너그러우며, 참고 양보하는 방면은 여전히 공부를 해야 한다. 자장은 일 처리가 신중하고 사람됨이 엄숙하지만, 다른 사람들은 그와 쉽게 친해질 수 없다. 네 학생 모두 나름대로의 장점을 갖고 있지만 계속 공부해야 한다.”

제6장

KTX를 타고 온 아이들과의 인터뷰

학생들 중에는 교사가 꿈인 학생들이 많습니다. 그 학생들이 제가 쓴 『대한민국 교사로 산다는 것』을 읽고 저를 찾아와 인터뷰한 적이 많은데요. 그 인터뷰 중 일부를 옮겨 왔습니다.

학생 A : 먼저 교사를 꿈꾸게 된 이유나 계기가 무엇인지 궁금해요.

김재훈 : 살아가면서 꿈은 계속 바뀌잖아. 초등학교 때 3학년 때 엄마가 '아들은 꿈이 뭐야?' 이러셨던 기억이 있는 것 같아. 그때 나는 가수, 공직에 나가기, 회사원이나 대학교수가 된다고 그랬던 기억도 있어. 선생님도 시골에 살아서 직업에 대해 자세히 알지 못했어. 그냥 주위에 다 선생님이기도 해서 아마 선생님의 일을 생각을 하고 있었던 것 같아요. 또 고등학교 때 역사 선생님이 계셨는데 그분은 항상 재미있게 가르치셨어. 항상 들어오면 역사 수업을 바로 한 게 아니라 약 5분 정도 시사 타임이라고 해 가지고 그때 당시의 시사적인 문제를 항상 이야기해 주셨어. 그게 정말 신선하더라고. 그래서 그런 선생님을 보면서 '선생님을 꿈으로 가지는 것도 괜찮겠구나.' 하는 생각을 했어. 사범대 가서 공부를 하면서 그동안 좋아하던 지리를 선택했지. 가서 지리교육과, 사회교육과, 교육학까지 세 군데를 같이 뽑았어. 지리 선생님이 되

기 위해서 1학년 때 지리학 개론을 들었는데 교수님을 잘못 만나서. 교수님이 고리타분하다고 말해야 하나 너무 재미 없게 가르치셨고 학점도 C학점을 받고 너무 실망을 했어. 그래서 교육학이라는 학문은 어떨까라고 생각해서 교육학을 공부하게 되었지.

학생 B: 선생님께서도 교사가 되기 위해 노력하던 시절이 있으실 것 같아요. 그때 슬럼프가 찾아오면 어떻게 마음을 다잡으셨나요?

김재훈: 이건 너희들하고 선생님하고 달라. 우리 때는 의무 발령제라서 사범대학을 가면 선생님을 반드시 해야 해. 그때는 선생님을 한다는 조건으로 사범대학이 등록금도 쌌거든, 지금이야 선생님 되기가 고시도 돌파해야 하지만 그 당시는 그랬어. 단 우리가 81학번인데 81학번부터가 졸업정원제 시스템이여서 많이 뽑았어. 그러니까 발령이 지체되는 거야. 대학교 4학년을 마쳤지만 바로 발령이 안 나는 거지. 1등만 빨리 발령이 나. 그때 충북대학교 대학원을 가서 대학원 마치고 군대 마치고 발령을 늦게 받았죠. 그때가 약간의 슬럼프라고 말할 수 있겠죠. 바로 선생님이 된 건 아니니까.

학생 C: 처음 선생님이 되셨을 때 했던 다짐이 있다면 그 다짐과 이유가 무엇인가요?

김재훈: 선생님이 되었을 때의 초보 교사의 열정은 오로지 아이들을 어떻게 하느냐는 거지. 내가 처음에 반 아이들을 만났을 때 했던 것

을 기억하면, 그때 『논리와 놀자』라는 책이 아주 선풍적인 인기를 끌었어요. 그래서 아침 자습 시간에 항상 들어가서 『논리와 놀자』라는 책을 가지고 수업을 해 줬죠. 아침마다. 아이들에게 논리를 가르쳐 주기 위해서. 그런 것도 해 주고 그리고 체육대회를 하잖아. 그럼 우리 반이 다 일등을 해야 하잖아. 그래서 모든 종목을 연습을 시켜가지고 다 석권을 하게 만들었어요. 반에 미쳐서 산다고 할까? 그런 게 있었죠.

학생 A : 교직 생활 중 선생님의 가치관에 큰 도움을 받거나 영감을 받았던 기억이 있으시나요?

김재훈 : 내가 교육학을 아까 이야기했잖아. 내가 대학교 2학년 돼가지고 지리교육과 안 가길 잘했다는 생각을 했어. 지리 교육은 작은 것을 배우지만 교육학은 훨씬 큰 것을 배운단 말이지. 그러니 그 나에게 시작점을 주신 그 교수님이 고맙지. 그렇게 교육학에서 소크라테스 플라톤 이런 사람들 같은 학자, 사상가에 대한 공부를 하면서 참스승에 대해서 생각해 보게 되었지. 김○용 선생님이라는 교장 선생님이 계시는데 며칠 전에 강의를 들었어. 전라북도 익산 그쪽에 계시는 교장 선생님인데 이분이 학교를 경영하는 것을 보면서 깜짝 놀랐어. 원래 그 학교는 다들 기피하고 학부모들도 다 그 학교를 싫어하는 학교야. 그런데 그분은 그런 학교를 가서 모두가 제일 좋아하는 학교로 만들었어. 아직까지도 학부모들과 아직까지도 모임 도 하면서 지내고 계셔. 그 정도

로 학교를 화목하게 만들었어. 강의 들으면서 진짜 감동을 많이 받았고 앞으로도 계속 연락하면서 많이 배워야 할 것 같다고 생각해.

학생 D : 선생님께서 학생들과 빠르게 친해지기 위해 사용하셨던 방법이 있으신가요?

김재훈 : 학급 운영은 우리가 3월 2일이 개학이잖아. 그럼 삼일절 날 선생님들이 담임을 맡게 돼. 그럼 내가 우리 교실에 나가서 내가 청소를 해 놓고 아이들을 맞을 준비를 해. 우리가 3월 2일 날의 기억을 떠올려보면 사실 좀 생소하잖아. 그럼 3월 1일 날 학교를 가가지고 자리를 어떻게 배치를 할 것인지 생각해서 모둠 자리의 쪽지까지 만들어서 모둠별로 앉게 하는 거지. 이게 정말 중요한 이유가 뭐냐면 다들 다른 곳에서 오잖아? 딱 앉는 순간에 모둠이 형성되잖아 그럼 자기들끼리 금방 다들 친해져. 그럼 금방 안착이 되잖아. 내 집이 되는 거지. 그게 금방 아이들과 친해지는 방법이지. 발자국 노트 같은 것도 주고. 첫 페이지는 '고3으로 생활한다는 것'에 대해서 쓰게 해. 5줄이나 10줄 정도. 그걸 보면 선생님의 어깨가 금방 무거워 지지. 왜냐하면 다짐을 아이들이 다 쓰잖아. 아 정말 일 년 동안 후회 없는 삶을 살겠다. 열심히 공부하겠다. 이렇게 쓰잖아. 거기에 댓글도 달아 주고, 생일잔치도 하고, 달마다 이벤트들을 만들어 주기도 하고, 꿈 봉투 같은 것도 대학 진학 관련해서 게시해 놓는 것처럼 이벤트를 많이 기획을 해.

또 하나 내가 한번 퀴즈를 내볼게. 내가 매일매일 써 온 교단 일기를 한 달에 한 번씩 학생들 각자 집으로 편지로 보낸다고 했잖아? 그럼 교단 일기를 보낼 때 조심해야 할 점이 뭐라고 생각해?

학생B : 아이들의 나쁜 점을 적으면 안 좋을 것 같아요.

학생A : 판단을 너무 빨리해서 내가 아는 아이로 적는 거요.

학생C : 평등하게 적는 것이요.

김재훈 : 정답이야. 엄마 입장에서 보면 우리 애가 이름이 어디 있는지 찾을 거 아니야? 교단일기를 딱 놓고 체크를 해 봐야 해. 보람이 몇 번 누구 몇 번 이런 식으로. 한 번도 안 나온 아이가 있을 수 있거든.

학생 D : 아 그럼 반 전체를 한 번씩이라도 적는 건가요?

김재훈 : 응. 그래서 내용에 안 들어가면 거기다 추가를 해야 해. 그리고 또 부모 입장에서는 우리 딸이 거기에 나왔나 안 나왔나가 중요하니까. 하하하 공부계획서도 세워서 나는 어제 몇 프로 공부했는지 적어오게 하는 거지. 그걸 모둠장이 걷어 와서 내 노트북에 다 적고 가는 거야. 그게 보름이 지나면 가로세로 평균이 나와. 그걸 딱 보면 우리 반이 언제 공부를 안하는지 알 수 있어. 근데

어느 해인가 한 아이가 수능을 한 100일 앞두고 끊임없이 100을 적어 왔어. 그러더니 수능에서 대박이 난 거야. 그게 자신과의 약속인거고, 그렇게 끊임없이 100을 적어 놓는다는 것은 그만큼 최선을 다해서 노력했다는 거잖아. 근데 그것도 하루이틀도 아니고 계속 적어 놓으니까 수능도 잘 나온 것 같아.

학생 B : 제가 저희 학교에서 토론대회를 하는데 그 주제가 정시 확대에 대한 내용이에요. 관련해서 어떻게 생각하시는지 알고 싶어요.

김재훈 : 학종이 너무 많아지다 보니까. 학종으로 필요한 인재가 있고 그렇지 않은 인재가 있는데 학종이 너무 기하급수적으로 늘어나다 보니까. 부작용이 많이 나타나는 거지. 우리 대한민국 사회의 문제점 중의 하나는 획일화거든. 이 입시 문제도 학종이 다 해결해 주는 건 아니잖아. 그런데 마치 그것이 다 해결해 주는 것처럼 교육을 살리는 것처럼 떠벌리는 사람이 많아. 그런 측면에서 정시 확대가 너무 한쪽 방향으로 쏠리는 것들을 균형을 잡는 차원이라고 생각해. 예전부터 나는 학종은 나중에 사지 다 잘려 나가고 몸뚱아리로만 하는 전형이 될 것이라고 생각했어. 이제 외부 스펙이나 소논문, 방과 후 이런 것들을 안 쳐주잖아? 이렇게 계속 줄고 줄어서 뭐만 남느냐면 교과세특이랑 행발만 남아. 자율 동아리 같은 것도 교육적이라고 생각하지만 그게 입시를 위한 도구로 변형되기도 하고, 봉사활동이나 수상 같은 것도 무작정 많이 주고 아이들이 그 상을 타기 위해서 엄청 애를 쓰고 노력

하잖아. 그거 기록되는 것이 중요하다는 것을 알아서. 여하튼 11월 달에 어떻게 발표될지 모르지만 다 빼면 교과 세특이랑 행발만 남는 건데 그러면 대학에서는 학종을 축소할 수밖에 없겠지. 그리고 지금보다 좀 더 면접을 강화하는 방향으로 운영이 될 것 같아. 그런데 학교 입시에 관해서는 완벽한 정답이 있는 것이 아니니까. 대한민국은 특히 대학입시 문제가 사회 모든 문제와 다 관련이 되어 있어. 계층 문제라든지 도시 농어촌의 문제라든지 이데올로기 문제라든지 뭐 부동산 문제라든지 하여튼 안 걸리는 곳이 없어. 그래서 잘해 보려고 이리 바꾸고 저리 바꾸고 하는데 답이 없는 거지.

학생 B: 선생님이 되고 나서부터 제일 보람찼거나 교사가 된 것을 후회할 만큼 힘들었던 일이 무엇인가요?

김재훈: 우리가 보람이라고 하면 선생님을 하면 제자들이 많이 찾아오는 것들을 이야기하잖아. 그런데 이런 생각을 해 봐. 박주가리 씨앗은 왜 솜털이 붙어 있을까? 이게 아이들한테 훈화한 것 중 하나야. 박주가리 씨앗이 하나 있는데 이게 떨어지다가 아주 가느다란 바람에도 이렇게 날아가다가 먼 곳에 떨어져. 그렇게 떨어져야만 그 씨앗이 엄마 나무 그늘의 피해를 받지 않고 무럭무럭 자랄 수 있어. 스승과 제자의 관계도 같아. 중요한 것은 제자에게 어떤 가치관이나 철학을 심어 주고 하는 것이라고 생각하고 이게 보람이라고 생각해. 후회하는 것은 뭐가 있을까? 일단 우리가

학교를 이렇게 운영하는 것은 선생님들 간의 소통이 중요하다고 생각해. 럭비공 잡기처럼…. 럭비공은 어디로든지 튈 수 있잖아. 그래도 다 같이 잡으면 쉽게 잡을 수 있어. 학교를 선생님이 아이들을 지도하는 것은 이거랑 똑같다고 생각해. 같이 잡으면 쉽게 잡을 수 있어. 그런데 다들 빠지려고 하다 보면 좀 어려워지는 거지. 그런 것이 약간의 아쉬움이라고 할 수 있지. 그래서 끊임없는 소통이 참 중요한 거야. 교직원들 사이에서도 그런 게 있어.

학생 D : 교사 경력이 많다고 해서 베테랑 교사가 아니라고 생각합니다. 선생님께서 생각하시는 베테랑 교사의 기준은 무엇입니까?

김재훈 : 배테랑 교사의 기준? 배테랑은 없는데 하하~ 그저 5개 정도 생각해 봤어. 일단 체력이 좋아야 해. 그리고 제자를 사랑해야 해. 끊임없이 그런 눈으로 제자들을 바라보아야 되겠지. 그리고 자기 교과 연구는 뭐 말할 것도 없고. 그 다음에 대입 전문가가 돼야 해. 이런 것은 자기가 입시 설명회를 직접 하거나 인터넷을 통해 노력하면 전문가가 될 수 있어. 그리고 생활 지도, 끊임없이 같이 소통하려고 해야 해. '피할 수 없으면 즐겨라.' 이 말처럼 자기의 주어진 임무니까. 소명 의식을 가지고 해야 하겠지.

학생 B : 학생들이 선생님의 교과에 흥미를 붙이게 하는 선생님의 방법이 궁금합니다.

김재훈 : 이런 말 들어 봤어? 작전에 실패한 지휘관은 용서할 수 있어도 경계에 실패한 지휘관은 용서할 수 없다. 이게 군대에서 쓰는 말이거든. 병가지상사라는 말이 있잖아. 한 번 실수는 병가지상사다. 전쟁에 나가서 누구나 한 번은 질 수 있는 거야. 백전백승을 하기는 어렵잖아. 그게 작전이야. 근데 경계는 군대가 주둔을 하고 있으면 밖에 보초를 서는 거잖아. 적군이 오나 안 오나를 감시하는 거잖아. 이건 싸움이랑 달라서 언제든지 사전에 대비할 수 있어. 교과 연구를 경계라고 생각하는 거지. 교과 연구는 얼마든지 사전에 할 수 있는 거잖아. 얼마든지 책으로 나의 전문성을 높일 수 있는 거야. 그러나 생활 지도는 어디로 튈지 모르는 거니까. 그런 측면에서 교재 연구를 경계에 비유하면서 나의 전문성을 살리기 위해서 노력을 해야 하고, 그래서 선생님도 전문성을 살리기 위해서 일부로 책에 나온 것처럼 참고서를 만들어 본 거지. 참고서는 엄청 연구를 해야 만들 수 있는 거니까. 흥미라고 하면 퀴즈도 자주 내는 것 같아. 교과에 관련된 퀴즈도 될 수 있고 다른 것도 하고, 퀴즈대회도 시간 날 때마다 해서 우승자에게 상품권도 주기도 하지.

학생A : 책에서 교사는 마라토너처럼 끝까지 일관성이 있어야 한다고 하셨잖아요. 교사가 되고 나서 아이들에 대한 관심과 열정을 꾸준히 유지하는 것은 힘들었을 것 같아요. 이것을 유지하기 위한 방법이 있으셨나요?

김재훈 : 선생님도 담임을 하다 보면 초보 교사 시절에는 일관성이 없던 것도 있었던 것 같아. 아이들은 항상 일관성이 없는 걸 싫어하잖아. 항상 일 년 동안 똑같아야 하는데 초반에는 잘하다가 나중에는 흐지부지 된다거나 이렇게 되면 반이 무너지잖아. 그렇기 때문에 정말 일관성이 그래서 중요한 것 같아. 그래서 이게 마라톤하고 똑같다고 생각해. 마라톤도 빨리 뛰면 안 되잖아. 빨리 뛰면 가다가 지쳐 가지고 걷거나 이래야 하는데 그러면 안 되지. 항상 일정한 속도로 뛰는 것이 참 중요하다는 생각이 들어.

김재훈 : 아 참! 이거 문제는 어떻게 만든 거야? 25개는?

학생 D : 아 각자 15개씩 질문 써서 그중에서 골랐어요.

김재훈 : 문제가 너무 어려워서. 다. 하하하~ 처음에 질문을 보고서는 내가 뜨악했어. 너무 어려워서. 내가 어렵다고 보냈었지?

학생 D : 네. 하하하

김재훈 : 예전에 경기도에서 아이들이 인터뷰한다고 보내온 게 있어 그때도 어려웠는데. 너희들이 더 어려운거야. 더 엄선해서 만들었나봐. 하하하, 참 많이 고민을 했어. 어떻게 대답할까.

학생 C : 선생님을 하시면서 제일 기억에 남거나 애정이 가는 학생이 있다면 어떤 학생이었는지 왜 기억에 남는지 알려 주세요.

김재훈 : 무슨 말이 나올까?

학생 D : 다 기억난다?

김재훈 : 다 기억난다? 다 예쁘다? "교직은 보석 찾기이다." 이 말이 되게 좋은 말인데 이 말이 왜 잘못됐을까요?

학생 B : 다 보석이기 때문에요.

김재훈 : 아! 정답이야. 다 보석이잖아. 다 보석이라는 자세로 지도해야 한다는 거야. 누가 특별히 기억나는 것이라기보다는 그냥 사건 하나하나 기억에 남는다. 어느 해인가 내가 담임을 맡았어. 그리고 일요일 날 자율 학습 감독을 하면서 이렇게 써 본 적이 있어. '3학년 6반 X파일' 하고서 '일요일 날 가끔 아픈 적이 있었지. 미선이.' 이게 1번이야. 미선이에 대해서 내가 생각하는 X파일, 내가 알고 있는 디테일한 부분을 써 놓는 거지. 그런 내용을 36명을 다 써 놨어. 내가 담임을 하면서 아이들을 파악하는 게 중요하잖아. 적어도 담임을 하면서 그 정도의 X파일을 작성할 수 있을 만큼 아이들과 많은 상담도 해야 하지 않을까. 아이들에 대해 디테일한 파악을 하려고 한 번 적어 본 기억도 있어요.

학생 B : 저희 주변에 꿈이 정해지지 않은 학생들이 상당히 많은데 이런 아이들이 꿈을 접할 수 있도록 도움을 줄 수 있는 선생님만의 방법이 있으신가요?

김재훈 : 이것도 진짜 어려운 질문이야. 우리가 상담을 하고 작년 경우에는 진로 교육원에서 근무를 진로 담당 진학 담당을 하면서 중학교 고등학교 학생들의 상담을 했는데 이런 것들에 대해 알게 되었어. 너희가 직업에 관한 경험을 많이 못했잖아. 그래서 꿈을 초등학교 때부터 미리 정하고 거기에 꽂혀 있는 사람이 많아. 다른 길이 많은데 그걸 보지 못하고 말이야. 나는 더 넓게 보는 게 좋을 것이라고 생각해. 꿈이 정해지지 않았다는 경험이 무조건 나쁜 것만이 아니야. 뭔가 방황을 더 하면 할수록 그만큼 경험을 하게 되고 생각을 더 많이 하고 그래서 진로를 찾는 것이 정상이라고 생각을 해.

학생들 : 선생님 오늘 인터뷰 너무 고맙습니다.

김재훈 : 아니야~ 나도 많이 배우고 또 생각해 보는 시간이었어. 이제 고2니까 바로 고3이 되는구나. 누구나 거쳐야 하는 고3 후회 없도록 열심히 공부하고 원하는 대학 잘 들어가길 바래. 또 KTX 타고 내려가야 되겠네? 잘 가고 나중에 또 연락하자.

학생들 : 네에~. 선생님 감사했습니다.

나오는 글

바람처럼 왔다가 이슬처럼 갈 수는 없는 것이 우리 내 인생입니다. 적어도 내가 산 흔적은 남겨 두고 가야겠지요. 내가 산 흔적을 남기는 좋은 방법 중 하나는 책을 쓰는 것입니다. 호랑이는 죽어서 가죽을 남기고 사람은 죽어서 이름을 남긴다고 했는데 좋은 책을 남기는 것이 바로 이름을 남기는 것이니까요.

그렇다고 이 책이 명저라는 말은 아니고요.

그냥 이 땅에 교육자로 살아오면서 그 고민들을 이 책에 담아 보았습니다. 생각날 때마다 카드 뉴스 형식으로 적어도 보았고, 교육 현장에서 벌어지는 사안들에 대해 틈틈이 칼럼도 써서 저장해 두고, 교사로 살아오면서 부끄러운 나를 돌아보면서 쓴 교직 성찰 일기 등등 이러한 자산들이 모이고 모여 이 책이 탄생하게 되었습니다.

본문 중에 보면 제가 썼던 내용으로 교육은 블랙홀과 같다 라는 표현이 나옵니다. 우리 사회의 복잡한 문제를 모두 껴안고 있는 것이 교육 문제입니다. 그만큼 쾌도난마식의 해결이 어렵다는 반증이기도 합니다. 그렇다고 마냥 손을 놓고 있다가는 나라가 망합니다. 아마 지금도 냄비 속의 개구리처럼 교육 때문에 대한민국이 망해 가고 있는지도 모릅니다.

어디부터 손을 써야 할까요?

어디부터 고쳐 나가야 할까요?

변화 없인 미래 없다

2022년 7월 김재훈

훈샘's share 프로젝트

이 프로젝트는 1+1 릴레이 기부로 시작합니다

한 명의 교사가 수천 명의 학생을 살립니다.

한 명의 교사에게는 스쳐 가는 수많은 제자들이 있습니다.

그 한 명, 한 명의 교사들에게

이 책을 나누어 줄 것입니다.

그래서 우리가 사는 세상을 아름답게 바꾸어 보고자 합니다.

독자님께서 보내 주시는 책 값은 고스란히

시골 어느 중학교, 도시 어느 초등학교

선생님의 손에 이 책 한 권을 쥐어 줄 것입니다.

책을 받아든 선생님의 작은 변화가

이 땅에 살아가는 수많은 아이들의 생명을 살립니다.

한 생명을 구한다는 마음으로 후원자가 되어 주십시오.

농협 303-02-318015(예금주 김재훈) 재단법인 형설의 공

감사합니다.

PS: 교육에 관한 모든 것들을 모아 볼까 합니다. 미담이든 제보든 보내 주세요.

(kjhkjh88@hanmail.net)

세상을 바꾸는

대한민국 교육 이야기

초판 1쇄 발행 2022년 8월 15일

지은이 김재훈
펴낸이 김재훈
편집 좋은땅 편집팀
펴낸곳 형설의 공
주소 충북 청주 청원구 주성로118번길 28
전화 010-4740-7319
이메일 kjhkjh88@hanmail.net

ISBN 979-11-979689-0-7 (03810)